上代文学研究法セミナー

「上代のことばと文字」入門

Jodai no Kotoba to Moji Nyumon

［編者］
瀬間正之
SEMA, Masayuki

［執筆］
笹原宏之
上野美穂子
根来麻子
蜂矢真弓
葛西太一
方 国花
岩澤 克
田中草大
黄 明月
宮川 優

花鳥社

「上代のことばと文字」入門　目次

原本系『玉篇』の意義と検索方法——瀬間正之◆44

六朝口語（唐代口語）をどのように調べるか——瀬間正之◆59

＊　＊　＊　＊

「上代のことばと文字」への招待――上代文学研究における国語学とは何か

瀬間正之

上代という特殊性――漢字と音韻

『古事記』・『日本書紀』・『万葉集』・『風土記』をはじめ、上代文学で取り扱う作品は、漢字以外の文字は使われていません。漢字は、形・音・義の三つの要素から成り立っています。すなわち、字形、漢字音、字義のことです。上代文献を読み解くためには、この三つが理解できなければなりません。本書はそのための道案内になってくれるはずです。

水谷静夫《みずたにしずお》氏に、「古事記は漢字だけで書いてある」（『国語と国文学』二六巻六号、一九四九年八月）という奇妙なタイトルの論文があります。戦後まもなく、ようやく学問研究が本格的に再開されつつある時期に、古事記が漢字だけで書かれた国語文献である以上「からもじを離れてやまとことばは考へられない」ことを主張しています。しかし、これは『古事記』のみならず、すべての上代文献にあてはまることであると言えます。ウタはやまとことばそのものではないか？　との反論があるかも知れません。しかし、それが漢字で書かれている以上、漢字の音を借りて、一字一音式の音仮名で書かれた記紀歌謡でさえも、文字記載を前提とした推敲の跡が見えることは、拙著『記紀の表記と文字表現』（おうふう、二〇一五年）でも検証したとおりです。

さて、ことばはいきものです。語形も発音も時代とともに変化します。しかし、この漢字の音だけを借りて意味を捨てて国語の音節表記に当てたおかげで、上代語は、かなり正確にその音韻を復元することができるという利点があります。他の時代でこれが可能なのは、ローマ字書きされたキリシタン資料が豊富な中世語のみでしょう。ともに外国語の文字で国語の音声を書き記したことによります。記紀歌謡、とりわけ『日本書紀』の巻一四〜二一・巻二四〜二七、これを森博達《もりひろみち》氏はα群と呼んでいます。詳しくは『日本書紀の謎を解く』（中公新書、一九九九年）を御覧下さい。このα群の歌謡の表記に用いられた音仮名は、当時の中国語の発音そのものに基づいていることから、かなりの精度で上代語の音韻を復元することができます。上代文学研究にはこの成果を用いることができるわけです。

形・音・義の三つの要素のうち、字形については、笹原宏之氏の「上代の字体入門」を、字義については、「原本系『玉篇』の意義と検索方法」「六朝口語（唐代口語）をどのように調べるか」を御覧下さい。

第二回 上代文学会夏季セミナー（二日目）「上代のことばと文字」

本書は上代文学会が二〇一六年に開催した第二回夏季セミナー（二日間開催したうちの二日目）「上代のことばと文字」を書籍化したものです。上代文学会は、発足当時、萬葉集を中心とする上代文学の研究を行うということであったようですが、既に関西で萬葉学会の準備があったために「萬葉」の呼称を用いることができず、上代文学会という呼称で成立したという経緯があるということを仄聞しています。今日「ことばと文字」に関する研究も、「萬葉学会」の後塵を拝しているように思えてなりません。西の学問と東の学問の方法論の違いに起因するところが大きいかと考えられます。

澤瀉久孝《おもだかひさたか》以来の訓詁注釈重視の西の学問は、文学と語学の融合を体現した研究者が多く存在します。例えば、小《こ》島憲之《じまのりゆき》・西宮一民《にしみやかずたみ》・浅見徹《あさみとおる》・井手至《いでいたる》・森重敏《もりしげさとし》・阪倉篤義《さかくらあつよし》、毛利正守《もうりまさもり》・小谷博泰《こたにひろやす》・犬飼隆《いぬかいたかし》・内田賢徳《うちだまさのり》・奥村悦三《おくむらえつぞう》・廣《ひろ》岡義隆《おかよしたか》・乾善彦《いぬいよしひこ》（敬称略）……。それに対して東では、稲岡耕二《いなおかこうじ》・山口佳紀《やまぐちよしのり》（敬称略）……と挙げると、次を挙げるのが難しくなります。どうも東では文学研究と語学研究が乖離しているように思えてなりません。そういう事情もあって、上代文学会でも改めて「ことばと文字」について基礎から捉え直し、文学研究に活用すべきかと思います。契沖・賀茂真淵・本居宣長の学問に文学と語学の区分があったとは思われません。

上代文学を研究するに際して、必須の「ことばと文字」に関する基礎知識とその運用法、工具書（原典資料を読解したり先行研究を調べたりするための辞書・辞典・索引・目録など）とその使用法を中心に、現在の研究水準も踏まえて解説することを目的としてセミナーを開催しました。関心のある方はもちろんのこと、国語学を敬遠しがちな若手研究者の皆様にこそ参加していただければという思いが適《かな》って、当日は予想以上の参加者がありました。学会外から第一線の講師を招聘し、最先端の研究を踏まえて音韻と字体に関する概説をお願いしましたが、熱意のこもった充実した講義を拝聴することができました。

第一回上代文学会夏季セミナー「萬葉写本学入門」で提言されたように、このセミナーは、講師が最先端の成果を示すばかりではなく、若手研究者や研究の道を志す皆さんとともに、新しいテーマを発見してゆく場をめざしています。そこで今回のセミナーでも、若手研究者に「上代のことばと文字」に関する「研究状況とこれからの課題」「基本文献紹介」を執筆してもらいました。「論文目録紹介」も含めて、セミナーではそれを小冊子として配布しましたが、本書にも改めて収録しました。宣命《せんみょう》・日本書紀・木簡に関する若手研究者の問題意識と、被覆形《ひふくけい》・露出形《ろしゅつけい》に関する新進の研究者の試みが、今後、多くの若手研究者・研究を志す方々の一つの指針となれば幸いです（なお、これらの編集には葛西太一《かさいたいち》氏の協力を得ました）。

この第二回上代文学会夏季セミナー（二日目）「上代のことばと文字」は、一日目「古事記・日本書紀入門」と会場を同じく、早稲田大学早稲田キャンパス一六号館一〇七教室で、二〇一六年八月二五日（木）の一三時二〇分から一七時四〇分まで開催されました。猛暑の中、連日参加、当日のみの参加を合わせて用意した小冊子及び資料集の残部がたった一部のみという予想をはるかに上回る参加者がありました。東京開催にもかかわらず、関西方面からの大学院生、若手研究者の参加も目立ちました。聴衆の意気込みと招聘講師の熱意が相俟って会場は熱気にあふれていました。

本書が、上代文学研究を志す人々に「上代のことばと文字」を再考する契機となり、今後の研究の一助となれば幸いです。

〔付記〕

第二回上代文学会夏季セミナー（二日目）「上代のことばと文字」は、以下のような順序で行いました。全体の司会とラウンドテーブルの司会は上野美穂子氏にお願いしました。

(1)導入「上代文学と国語学」　瀬間正之

(2)上代の音声・音韻入門　屋名池誠

(3)上代の字体入門　笹原宏之

(4)ワークショップ「古辞書・文字資料検索方法」――原本系玉篇・六朝口語を中心に　瀬間正之

なお、当日は、資料別冊として拙編「六朝口語早見表（稿）――四角號碼版――」も配布しましたが、分量の関係で、本書には載録できませんでした。

I　上代文字資料をどのように扱えばよいか

上代文学と国語学——地名「高羅」をどう訓むか

瀬間正之

1 導入

最低限、国語学（日本語学）入門・概説レベルの基礎知識を踏まえねばならないこと

国文学科・日本文学科、あるいはそれに相当する学科で学べば、必ず国語学（日本語学）の最低限の基礎知識を学ぶ講義があるはずですし、その単位を修得しているはずです。しかし、それが上代文学研究に利用（応用）できない事例に直面することがしばしばあります。

今回取り挙げたいのは、上代語の音韻法則です。「原則として母音は語頭以外には立たない」ことは、周知のことかと思います。例外はヤ行上二段動詞の連用形などわずかに確認されるだけです。これと表裏一体の法則として「連母音回避の法則」があります。これには、有名な「荒 ara 磯 iso」が「安里蘇 ariso」になるような連続する母音のどちらか一方が脱落する例や「長 naga 息 iki」が「名毛伎 nageki」になるような、連続する二つの母音が、別の一つの母音に変化する例などがあります。これはどんな国語学（日本語学）概説や国語史（日本語史）の教科書にも解説されている基礎知識です。これらに関する詳細な研究は「基本研究文献紹介」に取り挙げた山口佳紀《やまぐちよしのり》『古代日本語文法の成立の研究』（有精堂出版、一九八五年）がありますのでご参照下さい。

2 『肥前国風土記』「高羅」をどう訓むか？

「カウラ」と訓む注釈書

ところが、この基礎知識に無頓着な注釈が横行しているのが現実です。現在多くの注釈書が『肥前国風土記』基肄《き》郡条と養父《やぶ》郡条に登場する筑紫国御井《みゐ》郡（現在の久留米市御井町）の地名「高羅」を「カウラ」と訓んでいます。主な注釈書を古い順に挙げれば以下のとおりです。

a 武田祐吉《たけだゆうきち》『岩波文庫』（一九三七年）二四三頁
b 秋元吉郎《あきもときちろう》『古典大系』（一九五八年）三八一頁…福岡県久留米市の高良山（三一二米）の西麓を遺蹟地としている。
c 久松潜一《ひさまつせんいち》『古典全書』（一九五九年）二三二頁…福岡県久留米市の東南部に御井町高良山がある。
d 吉野《よしの》　裕《ゆたか》『東洋文庫』（一九六九年）二九六頁
e 小島瓔禮《こじまよしゆき》『角川文庫』（一九七〇年）二一七頁
f 植垣節也《うえがきせつや》『新編全集』（一九九七年）三一五頁
g 中村啓信《なかむらひろとし》『角川文庫』（二〇一五年、谷口雅博《たにぐちまさひろ》担当）七〇～七一頁…福岡県久留米市の高良山

これらa～gは、現在福岡県久留米市にある山が「こうら」と呼ばれていることに依拠した訓みであるかと推測されます。しかし、カウラ /kaura/ では、母音連続が生じていて、上代語の音韻法則に適合しないことになります。簡単に言えば、カウラという語形は上代には存在し得ないということになります。にもかかわらず多くの注釈書が

カウラとして何の疑問も感じていないことに疑念を覚えざるを得ません。

「カワラ」と訓む注釈書

「カウラ」と訓まない注釈書も存在します。まず、h一九三四年の井上通泰《いのうえみちやす》『肥前風土記新考』（功人社）二〇頁を引けば、以下のとおりです。

> 筑紫御井郡は筑後国三井郡にて本郡の東に隣れり。郡中に高良山あり。神名帳の高良玉垂命神社《こうらたまたれのみことじんじゃ》（今国幣大社《こくへいたいしゃ》高良神社）此山にあり。高羅之行宮の址は知られず。高良は今カウラとよめど、もとはカワラと唱へき。その假字はカワラなり。カハラにあらず。和名抄筑前の郡名に早良を佐波良《サハラ》と訓註し『日本書紀』の仁徳天皇前紀に考羅済をカハラと傍訓したるは共に誤れり。例とすべからず。

一九三四年という、一九三七年初版の武田祐吉『岩波文庫』より早い時期に、井上通泰は傍線部のように「カワラ」/kawara/と訓んでいるわけです。/kawara/ならば、母音連続は生じません。にも関わらずその後の注釈書では通泰の訓みが顧みられることはありませんでした。残念なことです。

近年、もう一書だけ「カワラ」と訓んだ注釈書が出現しました。i二〇〇八年に出版された沖森卓也《おきもりたくや》・佐藤信《さとうまこと》・矢嶋泉《やじまいずみ》編著の山川出版社のテキストです。当該部分（九十頁）を引けば、以下のとおりです。

> 当条と同一の地ではないが、『古事記』中・応神に「訶和羅前」、『日本書紀』崇神十年七月壬子条に「伽和羅」と見えるのを始として、『出雲国風土記』意宇郡《おうぐん》に「加和羅神社」、『延喜式』神名上・伊勢国奄藝郡《あんきぐん》に「加和良神社」、同丹波国氷上郡《ひかみぐん》に「加和良神社」など、各地にカワラという地名が見えることから、ここもカワラと訓む。

傍線部のように、山川風土記が「カワラ」説を採ったのは、推測が許されれば、おそらく上代語が専門の沖森卓也氏が編集に加わっていることに起因するのではないでしょうか。ともあれ、近代以降の注釈書で「カワラ」と訓んでいるのは、右のhiのみです。但し、注釈書以外では、『日本歴史地名大系』（ジャパンナレッジ）http://japanknowledge.comが、以下のように、「カワラ」としています。

高良大社こうらたいしや［現］久留米市御井町
高良山の中腹、筑紫（ちくし）平野が一望できる地に鎮座。山麓に里宮高良下宮（こうらげぐう）社がある。社号は古代にカワラ、中世にはカハラ（十巻本伊呂波字類抄伴信友校本）とみえ、「高良玉垂宮神秘書」ではすべてカウラと記され、現在は「こうら」とする。〈以下略〉

本文の検討

それでは、実際に本文を確認しましょう。各郡の後に示した数字は便宜上『新編日本古典文学全集』の頁ですが、本文は『猪熊本《いのくまぼん》肥前国風土記』（貴重図書複製会、一九三一年）を基に、藤井恵子《ふじいけいこ》編「校本『肥前国風土記』実観本《じっかんぼん》」（上）（下）（『風土記研究』二〇・二一、一九九五年六月・一二月）、風土記研究会編「真風本《しんぷうぼん》『肥前国風土記』」（『風土記研究』二一、一九九五年一二月）により校訂したものです。訓読は、私意によります。

基肄《き》郡312～314頁

昔者。纏向日代宮御宇天皇。巡狩之時。御筑紫國御井郡高羅①之行宮。遊覽國内。霧覆基肄之山。天皇勅曰。「彼國。可謂霧之國」。後人改號基肄國。今以爲郡名。

昔者《むかし》、纏向《まきむく》の日代《ひしろ》の宮に御宇《あめのしたしろ》しめしし天皇、巡り狩《い》でましし時、筑紫の國御井《みゐ》の郡の高羅①の行宮《かりみや》に御《いでま》して、國内《くぬち》を遊覽《みそなは》ししに、霧、基肄《き》の山を覆へり。天皇 勅《みことのり》して曰《い》ひたまひしく、「彼《そ》の國は、霧の國と謂ふべし」とのりたまひき。後の人、改めて基肄の國と號《なづ》く。今以ちて郡の名と爲《な》す。

長岡神社。在郡東。同天皇。自高羅②行宮。還幸而。在酒殿泉之邊。於茲。薦膳之時。御具甲鎧《よろひ》。光明異常。仍令占問。卜部殖坂。奏云。「此地有神。甚願御鎧《みよろひ》」。天皇宣。「實有然者。奉納神社。可爲永世之財」。因號永世社。後人改曰長岡社。其鎧貫緒。悉爛絶。但冑《かぶと》并甲《よろひ》板。今猶在也。

長岡の神の社。郡の東に在り。同じき天皇、高羅②の行宮より還《かへ》り幸《いでま》して、酒殿《さかどの》の泉《いづみ》の邊《へ》に在《いま》しき。茲《ここ》に、膳《みにへ》を薦《すす》むる時、御具《みよそひ》の甲鎧《よろひ》、光明《かかや》きて、常に異なれり。仍《よ》りて、占問《うらと》はせたまふに、卜部《うらべ》の殖坂《ゑさか》、奏《まを》して云《い》しく、「此地《ここ》に有《いま》す神、甚《いた》く御鎧《みよろひ》を願《ねが》ひたまふ」とまをしき。天皇、宣《の》りたまひしく、「實《まこと》に然《しか》あらば、神の社に納《をさ》め奉《まつ》らむ。永き世の財《たから》と爲べし」とのりたまひき。因りて永世《ながよ》の社と號《なづ》けき。後の人、改めて長岡の社と曰《い》ふ。其の鎧《よろひ》の貫緒《ぬきを》は、悉《ことごと》に爛《く》ち絶えぬ。但《ただ》、冑并《かぶとあは》せて甲《よろひ》の板は、今も猶《なほ》あり。

養父郡318頁

曰理郷。在郡南。昔者。筑後國御井川。渡瀬甚廣。人畜難渡。於茲。纏向日代宮御宇天皇。巡狩之時。就生葉山。爲船山。就高羅③山。爲梶山。造備船。漕渡人物。因曰曰理郷。

曰理《わたり》の郷。郡の南に在り。昔者、筑後の國の御井川の渡瀬《わたりぜ》、甚廣《いとひろ》く、人も畜《けもの》も、渡り難くありき。茲《ここ》に、纏向の日代の宮に御宇しめしし天皇、巡り狩《い》でましし時、生葉《いくは》山に就きて船山と爲《し》、高羅③山に就きて梶山と爲《し》て、船を造り備へて、人《ひと》・物《もの》を漕ぎ渡しき。因りて曰理の郷と曰ふ。

①②は、本文の表記に「之」の有無の違いはありますが、同じく「高羅の行宮《かりみや》」、③は「高羅山」として、地名「高羅」が登場しています。高羅山を船の梶の材を採る山としたとする記述です。

ここで注目したいのは②の長岡神社の記述です。「甲鎧《よろひ》」「御鎧《みよろひ》」「其鎧《よろひ》」「冑并甲《かぶととよろひ》」が繰り返し登場する点です。

まず訓詁ですが、『説文解字《せつもんかいじ》』に「鎧、甲也」、その『段注《だんちゅう》』に「古曰レ甲、漢人曰レ鎧」。『周禮《しゅらい》・夏官《かかん》・司甲《しこう》』「司甲下大夫二人」の鄭玄《じょうげん》注に「甲、今時鎧也」、『経典釈文《けいてんしゃくもん》』に「古用レ皮謂二之甲一、今用レ金謂二之鎧一」とあるように「鎧」「甲」は「よろひ」と訓んで良いでしょう。「甲」は『和名類聚抄《わみょうるいじゅうしょう》』にも「與路比」とあります。「冑」は『説文解字』に「冑、兜鍪也《とうぼう》」、『和名類聚抄』にも「賀布度」とあるように「かぶと」と訓むべきでしょう。ただし『新撰字鏡《しんせんじきょう》』享和本《きょうわ》・群書類従《ぐんしょるいじゅう》本には「与呂比」とあり、「甲」もまた早くは『新訳華厳経音義私記《しんやくけごんきょうおんぎしき》』に「甲、可夫刀」（50‐4）「可夫止」（75‐4）「可夫度」（169‐1）とあるように、「甲」「冑」は我が国においては混同され、ともに「かぶと」「よろひ」の表記に用いられています。実際、当該箇所の「冑并甲板」を古典大系では「かぶととよろひの板」、新編全集では「よろひあはせてかぶとの板」、山川版では「かぶとあはせてよろひの板」と訓んでいます。『豊後国風土記』『肥前国風土記』の筆録者が、『日本書紀』β群（本書七頁でふれたα群以外の巻）の述作者以上の漢語漢文の書記能力を有していたことは、拙著『風土記の文字世界』（笠間書院、二〇一一年）で確認しました。したがって、ここも漢語を正しく用いた可能性が高く、「甲」は「よろひ」、「冑」は「かぶと」と訓むべきでしょう。

さて、なぜこの防具が繰り返し用いられることに注目するかと言えば、以下の記紀の記述があるからです。

A応神記157頁　故、到訶和羅之前而沈入。訶和羅三字以音。故、以鉤探其沈處者、繫其衣中甲而、訶和羅鳴。故、号其地謂訶和羅前也。

故、訶和羅の前《さき》に到りて沈み入りき。訶和羅の三字は音を以《もち》ゐよ。故、鉤《かぎ》を以《も》ちて其の沈みし處を探れば、其の衣の中《うち》の甲《よろひ》に繫かりて、訶和羅と鳴りき。故、其地《そこ》を號《なづ》けて訶和羅の前と謂ふ。

（本文、頁は西宮一民『古事記　修訂版』による）

B崇神紀247頁　故、時人號其脱甲處、曰伽和羅。

故、時人《ときのひと》、其の甲《よろひ》を脱《ぬ》きし處を號《なづ》けて、伽和羅と曰ふ。

C仁徳紀387頁　令求其屍。泛於考羅濟。

其の屍《かばね》を求めしむるに、考羅濟《かわらのわたり》に泛《うき》でたり。

（本文、頁は岩波古典大系による）

いずれも『和名類聚抄』の「山城国綴喜《つつき》郡甲作《かわら》」に該当します。Aは、鉤が甲に触れた時の擬声語「カワラ」による地名起源であり、Bもおそらくは甲が固い地面に落ちた際の擬声語によるものと考えられます。『琴歌譜《きんかふ》』に「天人《あめひと》の作りし田の石田《いしだ》はいなゑ石田は己男《おのを》作ればかわらとゆらと鳴る」とあるように、石のように固い田と農具が触れ合う際の擬声語としても用いられています。固い物どうしがぶつかった際の音が「カワラ」という擬声語でしょう。Cは後述しますが、「考羅」という表記が問題となります。

さて、ABのように「甲」は「カワラ」という擬声語と結び付いています。『肥前国風土記』長岡神社の条に「よろひ」が繰り返し登場する点も、その地名「高羅《カワラ》」という音に引かれた連想から「よろひ」の話へと展開するという言語遊戯が背後に存した可能性を認めても良いかと思います。こうした言葉遊びが成り立つためにも「高羅」は「かうら」ではなく「かわら」でなくてはなりません。

音仮名「高」「考」は「カワ」と訓めるか

「高」は音仮名「コ甲」（上代特殊仮名遣コ甲類）としてはむしろ稀用であり、常用されるのは「古」です。「考」にいたっては先に引いた「考羅濟」は孤例といえます。

「高」は、『古事記』に二一例が音仮名として用いられています。その多くは地名「高志」で、他は「虚空津日高」「天津日高」など数例に過ぎません。『出雲国風土記』にも地名「高志」が使用されています。『日本書紀』では、天武紀下453頁に一例「越蝦夷伊高岐那等」（越《こし》の蝦夷《えみし》イコキナ等）とあるに過ぎません。

「コ甲」以外に「カグ」とする説もあります。万葉集一三番・一四番歌、所謂「三山歌」の「高山」です。岩波古典大系『万葉集一』（一九五七年）三二七頁補注一三「香具山」の項では、「高山」をカグヤマと訓むことについて、「董同龢《（とうどうわ）》『上古音韻表稿《（じょうこおんいんひょうこう）》』によれば、高は上古音（筆者注：中国漢代以前の音）の宵部《（しょうぶ）》に属し、kɔg の音と推定される。従ってカグの音にあてて用いることは、十分考え得ることである」とし、孝徳紀「猪名公高見」、天武紀「韋那公

「高見」が、威奈大村《いなおおむら》の墓誌銘に「卿諱大村、檜前五百野宮御宇天皇之四世、後岡本聖朝、紫冠威奈鏡公之第三子也」とあり、「高見」が「鏡」にあたることから、「高」をカガにあてた例と見ています。漢音以前に日本に伝わった漢字音の一つである呉音カウはkɔgのgがuに転じて成立した音で、上古音のgが中古音（中国南北朝後期から隋・唐・五代・宋初にかけて使用された音）においてはuに転じる例は少なくないことを指摘しています。

これに対して、大野透《おおのとおる》『万葉仮名の研究』（明治書院、一九六二年）一二三頁では、大野晋《おおのすすむ》（右掲、古典大系）は、大《おお》矢透《やとおる》（『仮名源流考』）に従って高山（巻一13・14）の高《カグ》の上古音に基づく音仮名とするが従い難いとしています。高は音仮名としてコ甲に当てた例があるのみで、「高見」を「鏡」に当たるとするのは根拠薄弱で、高をカガの二合仮名とするのは無理であり、書紀の固有名詞表記では、表記単位に音訓混淆表記は用いられないことから、タカミ甲と訓むべき。もし、カグ山に当てるのなら、香山の誤と見るべきであるとしています。

このように、「高」を「カグ」と訓むことには意見が分かれますが、「カワ」と訓めるかということが問題です。「カワ」と訓んだもっとも古い文献は九条家本《くじょうけぼん》『延喜式』です。国立博物館のe国宝http://www.emuseum.jp/を引けば以下のとおりです（次頁図版）。

高良玉垂命神社の「高良」の右に「カ禾ラ」とあるのが確認できます。「禾」は「和」の左を採った片仮名です。これによって、筑後国三井郡の高良玉垂命神社の「高良」は、古代には「カワラ」と呼ばれていたことが確認されます。「高」は本居宣長の歴史的字音仮名遣いでは「カウ」、現代の漢字音表記では「コウ」です。これと同じように「早」「草」は字音仮名遣いでは「サウ」、現代の漢字音表記では「ソウ」です。「高」が「カワ」であるとすれば、「早」「草」も「サワ」と訓んだ例があることが注目されます。早良《さわら》親王の「サワ」がそれです。大野透『万葉仮名の研究』（明治書院、一九六二年）三六二頁では、「早《サワ》は慣用表記早良に見えるが、草《サワ》は早良に通ずる表記草良（DK一五133）に見えており、早に基づく用字なる事が考えられる」と述べています。DK一五133は、『大日本古文書』

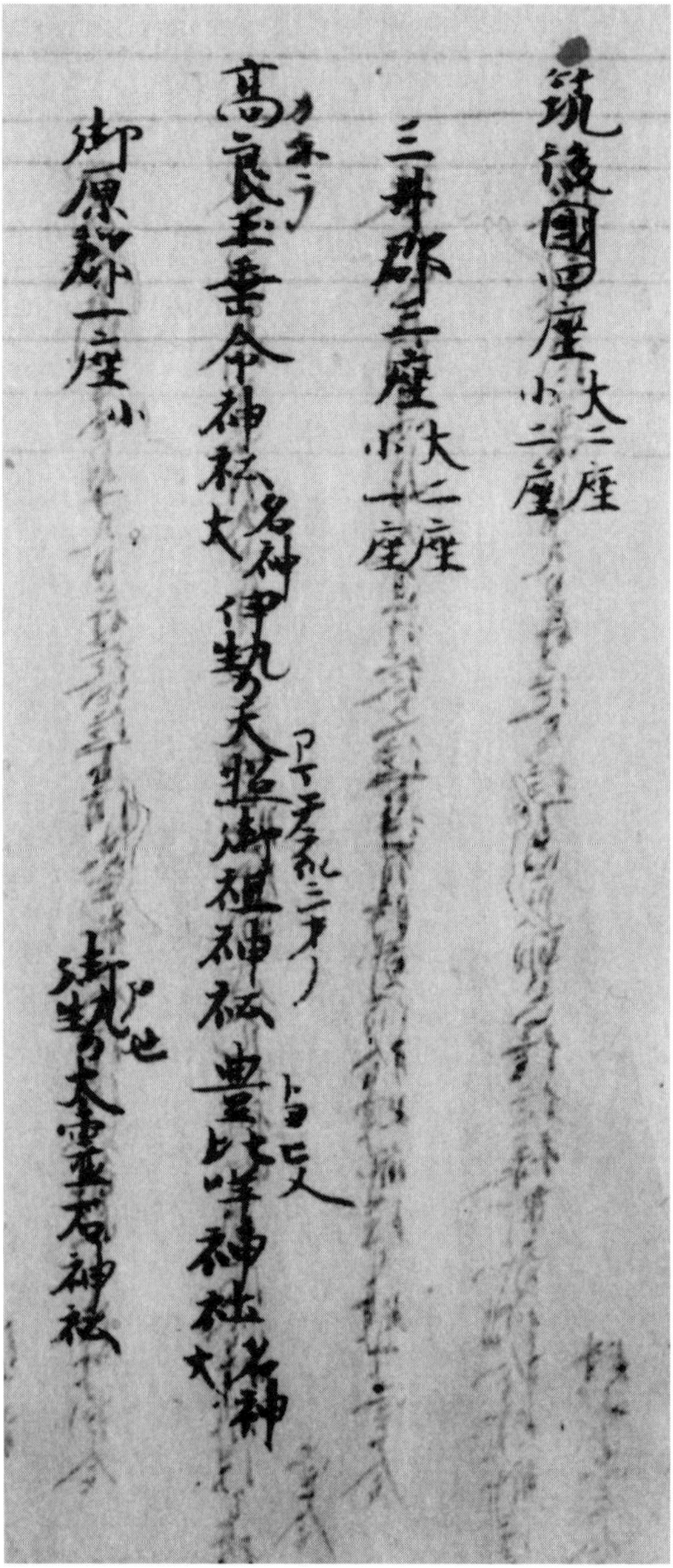
筑後國四座 大二座 小二座
三井郡三座 大二座 小一座
高良玉垂命神社 名神大 伊勢天照御祖神社 豊比咩神社 名神大
御原郡一座 小
御勢大霊石神社

指定名称：延喜式（九條家本）巻十　紙本墨書 27.9×2324　平安時代・一一世紀　東京国立博物館 B-2370
『九条本延喜式二　東京国立博物館古典叢刊２』（思文閣出版、二〇一二年）より

一五・一三三頁の「草良部廣麻呂」（天平宝字《てんぴょうほうじ》五年）のことです。郡名の「早良」も、天平宝字二年（七五八年）十二月の『観世音寺《かんぜおんじ》奴婢帳《ぬひちょう》』に「早良郡額田郷」、『延喜式』民部《みんぶ》上《じょう》の西海道筑前国の項に「早良」、『和名類聚抄』にも筑前国「早良郡」の項に「毗伊比・能解乃計・額田奴加多・早良佐波良・平群倍久利・田部多倍」とあります。但し、『和名類聚抄』では「佐波良」すなわち「サハラ」となっています。これは既にハ行転呼音（語中・語尾のハヒフヘホがワ

ヰウヱヲになる現象）が生じていたことが考えられます。

さて、以下の表を御覧下さい。今問題にしている「高」「考」「早」の漢字音を上古音・中古音・中世音（中国宋代中期以降に使用された音）・現代音・声母（漢字音の音節の最初の部分。頭子音）・韻母（頭子音を除いた残りの部分）の順に表にしました。それに東条義門《とうじょうぎもん》の『男信《なましな》』で有名な「男」と「信」の上古音・中古音も参考のために挙げました。我が国の漢音は、中古音（隋唐音）に依拠すると考えられます。

	上古	中古	中世	現代	声母	韻母
高	kɔg	kau	kau	kau	見	豪
早	tsog	tsau	tsau	tsau	精	皓
考	k'og	k'au	k'au	k'au	溪	皓
男	nəm	nəm (ndam)				
信	sien	sien				

さて、入声韻尾《にっしょういんび》（ptk日本の漢字音ではウ（フ）・チ・ツ・クで終わるもの）と鼻音韻尾（mnŋ日本の漢字音ではン・ウ・イで終わるもの）を有する漢字が、七一三年の元明天皇の詔、いわゆる好字政策（地名を二字の好《よ》い字に統一）以降、しばしば母音を付加し、二音節の音仮名（二合仮名）として用いられることが多くなります。「法吉《ははき》」の「法《はふ》」はp韻尾ですが、母音aを付加して「ハハキ」（奈良時代以前のハ行音はp）、「相模《さがみ》」の「相《さう》」はŋ韻尾ですが、母音aを付加して「サガミ」、「男信《なましな》」の「男《ナマ》」の「マ」はm韻尾に母音aを付加してm+a、「信《シナ》」はn韻尾にaを付加して、n+aで「ナ」です。

「高」「考」を「カワ」、「早」を「サワ」の表記に用いるとすれば、以上の方法と同様に、「高《かう》」「考《かう》」「早《さう》」の母音韻尾（末尾の母音）u に a を付加して u+a で「ワ」として、それぞれ「カワ」「サワ」の二合仮名として用いたと見なすことができるでしょう。極めて特殊な用法ですが、入声韻尾や鼻音韻尾を有する漢字を二合仮名に用いるのと同じ方法で、母音韻尾 u を持つ「高」「考」「早」を二合仮名として使用したと見なさざるを得ません。

以上、現行の注釈書の多くが「高羅」を「カウラ」と訓み、「母音は語頭以外には立たない」という上代語の音韻法則を適用していないという不審からはじめて、「高羅」は「カワラ」と訓むべきであることを確認しました。

余談ですが「河野」さんという姓があります。元々は「カハノ」さんでしょうが、ハ行転呼音（歴史的仮名遣いハ行の文字がワ行音で発音されるようになる現象）で「カワノ」と発音されるようになり、その中で一部の「河野」さんは、「コウノ」さんと発音されるようになりました。このことは、現在は「コウラ」と発音される「高羅」が、元々は「カワラ」であったことと重なります。

上代の字体入門

笹原宏之

1　上代の文字資料

文字は、各種の素材に記されることによって、現代の用語でいえばメディアを形成します。中国・朝鮮から伝来した漢籍（仏典を含むが区別することもある）の写本の体裁を模倣、応用した書籍として、奈良時代末までに、『古事記』『日本書紀』『万葉集』『風土記』『懐風藻』などが編纂されました。それらの国書は歴史、文学、言語、文字、宗教、思想、地理など種々の資料的な性質と価値をもっています。しかし、いずれも原本や同時代の写本は早くに失われており、現代には伝わっていないのです。

一方、文書（正倉院文書や東寺文書、漆紙文書、写経など）のほか、木簡、土器などにその当時の肉筆が見られます。また、繡帳《しゅうちょう》（刺繡のあるとばり）や、印章、刀剣、鏡、貨幣、仏像、石碑などに金石文《きんせきぶん》（金属や石などに記された古代の文字）として伝わる筆跡もあります（これらには拓本や摸写・翻字で伝わるものもあります）。

つまり、上代（ここでは奈良時代以前）に書かれた文学作品には、筆録者の直筆は一点も現存していません。いずれも後代の写本しか残っておらず、正確な読解のためにはそれらや、そこに書き込まれた校異、写本から作られた版本、他書に引用された文などに基づいて原本を復元するしかないのです。漢字の形や用法は、時代や社会、個人、場面ごとに複雑に変化してきたために、数段階にわたる改訂もなされた原本や写本の祖本の漢字を復元することは容易ではありません。その際に、当時の様々な層の識字者によって書かれた文書や経巻、木簡などを適切に利用すれば、当時書かれた作品の文字の状態に迫り、再現していくことができるはずです。

ここでは、日中の文字研究の立場から、字体に関する基本的な概念を捕捉し、上代の字体と、それを見る際に必要な観点について述べていきます。

2　漢字の分類と用語

言語を表記する文字のうちで、漢字は表語文字に属しますが、表意用法、表音用法、まれに表形用法も行われます。上代においては、書体は中国の影響を受けて楷書のほか草書、行書で書かれました。崩し字で書くと書写のスピードは上がりますが可読性は反比例して下がってしまいます。『古事記』や『万葉集』などの写本には、草書を楷書に戻す際の誤りが生み出した誤写が多いとされます（澤瀉《おもだか》一九四一a。末尾の主要文献を参照。以下、同様）。誤字か否かの解釈には、大型の書体字典による検証が必要となります。

楷書

草書

行書

個々の漢字の字源は説に過ぎないものが少なくありませんが、六書《りくしょ》（漢字の成り立ちと使用法を六つに分類したもの）としては中国では形声《けいせい》（音を表す文字と意味の範疇を表す文字を組み合わせて新しい一字を作る方法）が好まれました。そうした分類から離れれば、たとえば点のもつ機能も、①字音・字義が異なる別の字種であることを明示する示差的特徴になるもの（王・玉）、②単に字体の差にすぎないもの（土・圡）があるなど、字ごとに要素の持つ働きに気付くことができます。

字種は、二〇万種近く収める辞書も現れていますが、作品ごとの使用字彙は『古事記』一五〇五、『万葉集』二三四八、『日本書紀』でも三三四八（西宮一九九二）と限られています（異文の扱いや字種の単位の設定基準によって数値は変動します）。

字の形には、具体的な形をもつ字形と、抽象化された字体とに分ける考え方を当てはめることができます。その字体が異なる字を互いに「**異体字**」と呼びます。「正字」は時代や地域により可変的なので、通時的、共時的な記述には相対的な立場でこの術語を用いるのが妥当でしょう。従来、「俗字」、「略字」、「古字」などのレベルや観点を異にする分類項目が雑然と混在してきたため、一つの異体字にラベルは複数与えうるのです。翻字や翻刻は、目的に応じて様々な処理規則を設定して行われてきましたので、字形については、写本、版本、活字本、それらの原物、影印・写真版、検索システム・コーパス、翻字・翻刻、注釈・索引などを利用する際に注意が必要です。

現在一般に正字とされる「島」は、篆書に基づく本字が「㠀」でしたが、上代には構成要素の配置を変えた動用《どうよう》字《じ》「嶋」あるいは「嶌」のように書かれることがほとんどでした。

「國」は旧字（体）とされますが、則天文字（古字とも）「圀」、「囯」や「国」といった俗字（後者は新字とも）、「國」などの書写体でもよく書かれました。譌字《かじ》つまり誤字も見受けられます。「纏」が「緾」と書かれたものなど（澤瀉《おもだか》久孝《ひさたか》が原本の字体をこれだと推測し、肉筆の資料から証明されています。小川二〇一二）、習慣化しているものも多々あります。

「菩薩」を「𦬇」と略す抄物《しょうもつ》書《が》きも唐から伝わり、使われていました。

漢字の用い方に関して、「**通用**」（通字）という用語も見受けられます。別字の間での①字体：偏旁《へんぼう》の一致・概形の類似、②字音：同音・類音、③字義：同義・類義・同訓・類訓による転用を指します。その時代のある社会で流通している状態に加え、別々の二つ以上の字が通じて用いられるというダブルミーニング的な面のある概念を持つ、中国で生まれた用語です。「未・末」「苦・若」「巳・已・己」、同音の仮名「可・加」、類義字「河・川」の混同（澤瀉一九四一b、木下二〇〇〇）、「替」に「賛」を用いるケース（高橋二〇〇〇）など数多くあります。①は古来いわれる「魯魚《ろぎょ》の誤り」（字形の似た字による書き間違い）の類で、故意、即ち賢《さか》しらの意改と区別されます（木下一九九〇）。時間の経過による筆跡の不鮮明化も関わり、『万葉集』の写本などでしばしば起きていたのです。『校本萬葉集』（一九二四―一九九五）には、「校異を出さざる異体字ならびに通用字の表」に「干　于　亍」などが示されていました。表意的にまたは表音的に対等の文字（漢字または仮名）を用いて、A文字をB文字に換えて書くことを「**換え字**」と呼ぶこともあります（井手一九九九など）。

真福寺本『古事記』では、「経・径」「箇・筒」などが通じますが、梁の顧野王《こやおう》撰『玉篇《ぎょくへん》』（佚文《いつぶん》）に根拠が見出せます（小島憲之《こじまのりゆき》解説　桜楓社　一九七八）。「宍・完」など、筆録者や書写者がどちらを書こうと意図したのか、あるいは両字の字形に区別を持たなかったのかは、書写された字形を丹念に集めて、比較、検討する必要があります。文脈によっては、両方による重層的なイメージの喚起も図られた可能性さえあるのです。

逆に『古事記』成立時の本文において、語義や機能を識別するために意図的に異体字を用いている場合もあるとされ（沖森卓也《おきもりたくや》・佐藤信《さとうまこと》・矢嶋泉《やじまいづみ》編『新校古事記』おうふう　二〇一五）、いわゆる正訓字「邪（きたなし）」と万葉仮名の音仮名「耶（ザ）」、正訓字「須（ひげ）」（鬚）と音仮名「湏（ス）」などのほか、「叅」「𠫭」（いずれも參）も数詞か否かで表記に使い分けが習慣化しました。

このように通用は便利な用語ですが、「変（變）水」（ヲチミヅ　巻四　六二七・六二八）が「恋（戀）水」となり、仙覚《せんがく》（一三世紀）がナミタと読み、義訓《ぎくん》（本来的な訓ではなく、字の意味によって読みを与えたもの）の一種とされて以来、昭和に至るまで長く信じられてきたようなケースには適用されません（『万葉集校本データベース』では、元暦《げんりゃく》校本の本文に「変」（變）が見られます）。

こうした各種の多様な状況には、コノテーション（辞書にないような言外の意味）、ニュアンスのレベルの違いを伴うこともあり、心理的、生理的、物理的条件など種々の条件が因子となって働きかけたことがうかがえます。

ここまで、各種の観点を挙げてきました。既存のラベルを確認しつつ一部に修正を試み、また必要と考えられるものをラベルとして追加してみました。以下ではさらにその実例と性質を追究していきましょう。

3　中国製漢字

漢字は、弥生時代以降、古墳時代、飛鳥時代、奈良時代と中国や朝鮮からの渡来人と書籍によって伝えられ続けました。そこには、多数の異体字が見られました。

「叫」は楷書が萌芽した六朝時代から「叫」と書かれており、「宜」は「冝」で、「最」は「㝡」で書かれることがよくありました（『北魏楷書字典』「韓国木簡字典」図1・2）。いずれも『大漢和辞典』には収められていませんが（補巻に入ったものもあります）、筆法や習慣によるもので、日本でも受け継いでいました（奈良文化財研究所『改訂新版日本古代木簡字典』、「木簡字典」、「墨書土器字典」、『日本上代金石文字典』、小島一九七四）。頻用《ひんよう》された書写体・俗字体には、「襾」（西）、「尓」（尓・爾。筆法から）、「曺」（曹）、「仏」（佛）、「閇」（閉）、「寳」（寶・宝）、「珎」（珍。銭貨の和同開珎《わどうかいちん》（七〇八）にはホウ（「寶」）説もあった）、「关」（癸）、「勅」（勑・勅）、「京」（京）、「吉」（吉）、「﨑」（崎）、「髙」（高）、「泪」（涙）、「扵」（於）

図1 『北魏楷書字典』二玄社より

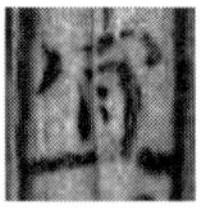

図2 「韓国木簡字典」慶州月城垓子出土木簡1

などもあり、「支」も書論でいう補空《ほくう》（字形の空間バランスを補うために打つ点）が審美からなされた「⿻支丶」が一般的でした。「圡」は「土」と区別するために漢代に加点されたものでした。先の「宍」（肉）は「膂宍」（そしし。背筋の肉）のように用いられていますが、書きやすさによる変形だけでなく「六」が形声を兼ねたとみられます。上代には「完」と見紛《みまが》う例もありましたが、『万葉集』などで和語の「しし」を訓としました。

動用字では、「峯」（峰。山は上に高いというイメージも関係）、「嶋」「嶌」（島。配置のバランスから習慣化し、両者かその中間形がほとんどで、「鳥」も字の脚である列火がつながるなどした。小野田二〇〇六a）、「蘓」（蘇。よみがえる意では会意《かいい》の「甦」も。会意とは、六書の一つで、二字以上の漢字を組み合わせて一字を作り、それぞれの意味を合成すること）などが目立ちます。「⿺瓦云」などの瓦（凡のよう）を左に移してにょうとする字体は飛鳥池木簡等に見られました。

「國」（図3）に対する「国」も敦煌文書などに見られる中国製異体字ですが、漢代より現れた会意による簡易な「国」のほうがよく使われました。則天武后（在位六九〇～七〇五）は「圀」に改めましたが、中国では武后の没後には使用が禁じられたので、その書写年代を知る手掛かりとなります（避諱《ひき》欠筆（目上の人物の本名を書くことを忌避する慣習により字画を省くこと）なども同様の指標となりえます）。このように異体字の使用や揺れが、写本の書写時期や書写者を探る情報となることがあるのです（廣岡二〇〇四、小野田二〇〇六b）。中国では「囗」の中に「民」「夷」「戎」などを入れた字体も「國」として用いられました。

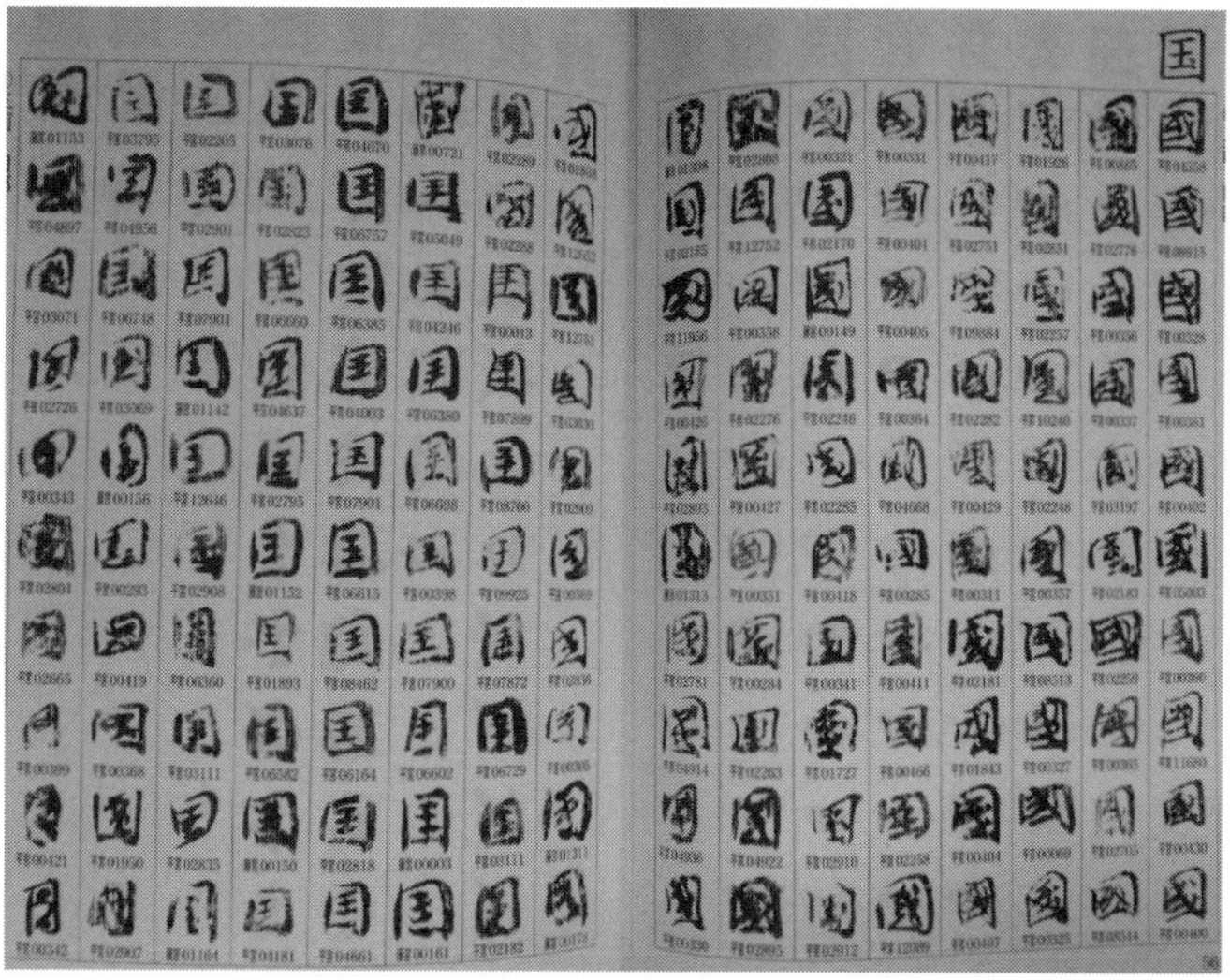

図3 『改訂新版日本古代木簡字典』六一書房より

漢字「刈」は字書に載りましたが、草冠を加えた「苅」は後々まで載りませんでした。日本製と見られることがありましたが、実際には中国にも書証が見つかります。ただし、その字体は、「メ」の部分が「ヌ」ないし「叉」となっていました。

「苅」は日本でよく使われました。澤瀉一九四一b、井手一九九九が説くように、この「メ」の部分は「ヌ」「叉」「夕」「歹」（「列」となり別の字と衝突する）「刄」「刃」などに作る異体字が写本に見られます（「靫　靫」にも同様の状況があります）。中国では、「刈」は「刄」（「張整墓誌《ちょうせいぼし》」『北魏楷書字典』図4、『俗務要名林《ごくむようめいりん》』）、「苅」も「苅」（「太子成道経《たいしせいどうきょう》」スタイン、ペリオが将来した敦煌文献を引いて示す『敦煌俗字典』図5）、「艾」も「艾」「苂」（『龍龕手鏡《りょうがんしゅきょう》（鑑《かん》）』）、「鈠」も旁は「艾」（『原本玉篇残巻』巻九。原本は五四三年。早大蔵唐写本、八世紀か。摸写による「古逸叢書《こいつ》」ではくさかんむりが「艹」に）でした。原本系『玉篇』を伝える空海《くうかい》撰『篆隷万象名義《てんれいばんしょうめいぎ》』（後半二帖は別人が補作したと考えられています。高山寺《こうさんじ》蔵本一一一四年写。「崇文《すうぶん》叢書」）巻一七は「刈」は「刈」に作ります（図6）。

当時の肉筆を見ると、たとえば『上代木簡資料集成』『平城宮出土墨書土器集成』にも、「苅」の「メ」の部分を「叉」に作る字形を収めます。「木簡画像データベース」では二六件の

刈
刈
張整墓誌
図4 『北魏楷書字典』二玄社より

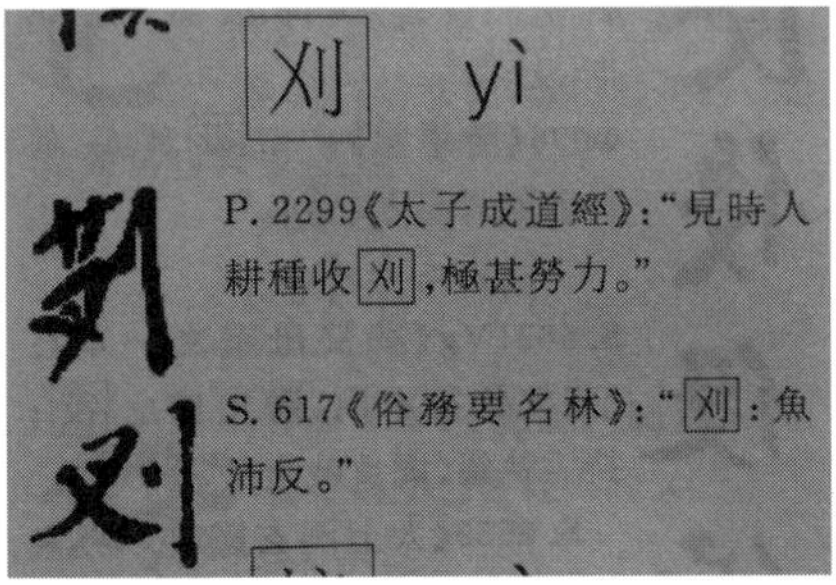
刈 yì
P. 2299《太子成道經》:“見時人耕種收刈,極甚勞力。”
S. 617《俗務要名林》:“刈:魚沛反。”
図5 『敦煌俗字典』より

図6 『篆隷万象名義』より

うち、字形が鮮明なものに「叉」型があります。これらを踏まえると、真福寺本『古事記』中巻などの「卄」の下の「列」型・「⿰叉刂」型（図7）、兼永本『古事記』中巻などの「卄」の下の「刖」「列」（図8）は、異体字や崩し字の部分をある段階の書写者が既知の字とみなした「誤った回帰」によるものと考えられ、日本製異体字とよべそうです。『万葉集』では桂本巻四が「卄」に「ヌ（スに見える）」「刂」とする崩し字は原本の文字を比較的忠実に伝えたもの（図9）、『播磨国風土記』が「刈」に作るのは（図10）、古形を保っているといえそうです。

このように中国の字書になくても、中国で使われていた漢字が使用の跡を絶ち、日本に伝わって使われた跡をよく残した「佚存文字」には、「𦬇」（「菩薩」の略合字。ササ菩薩とよばれた抄物書。異体字とも位置づけうる）が敦煌写経や飛鳥池木簡・藤原京木簡、飛鳥時代の写経（笹原二〇一二）、「⿸尸果」（つび、くぼ。俗文学の使用字が日本の辞書に反映したもの。笹原二〇一六）のほか、異体字では「蛛」の旁（声符）を置換した「蟵」（『万葉集』の戯書「いぶせくもあるか」で使用）が漢籍、仏典に使用されていましたが、国字すなわち日本製漢字と誤認されました（笹原二〇一六a）。「佚存文字」については後述します。

「鑍」は『日本書紀』巻三十持統天皇十一年七月に「常鑍盗賊」（訓みは、北野本（貴重図書複製会）ヒタヌスヒトなど）と現れる孤例の文字で、中世までは不詳とされ、近世以降は河村秀根《かわむらひでね》『書紀集解《しょきしゅうげ》』、木村正辞《きむらまさこと》『皇朝造字考』（図11）、飯田武郷《いいだたけさと》『日本書紀通釈』などで「金嬰」・「嬰金」の「二合省字」による国字などと考えられてきました。なお、森博達《もりひろみち》氏が分類したα群には国字（新井白石《あらいはくせき》の用語）がなく、和習（日本語独特の漢字の用法や語彙、語法）が多いβ群で

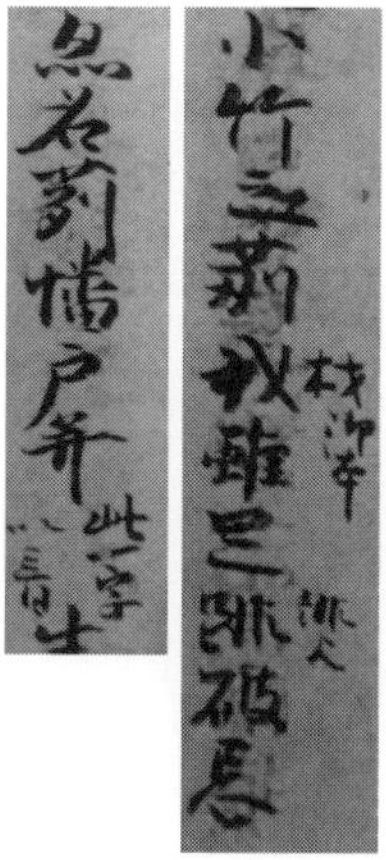

図7　真福寺本『古事記』中　桜楓社より

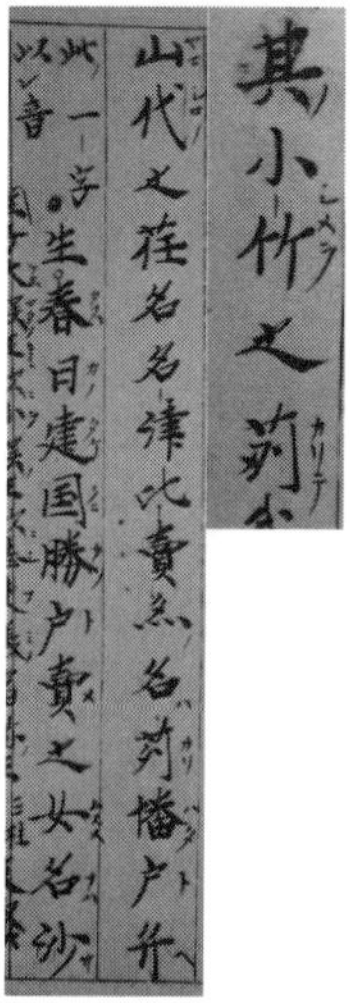

図8　兼永本『古事記』中　勉誠社より

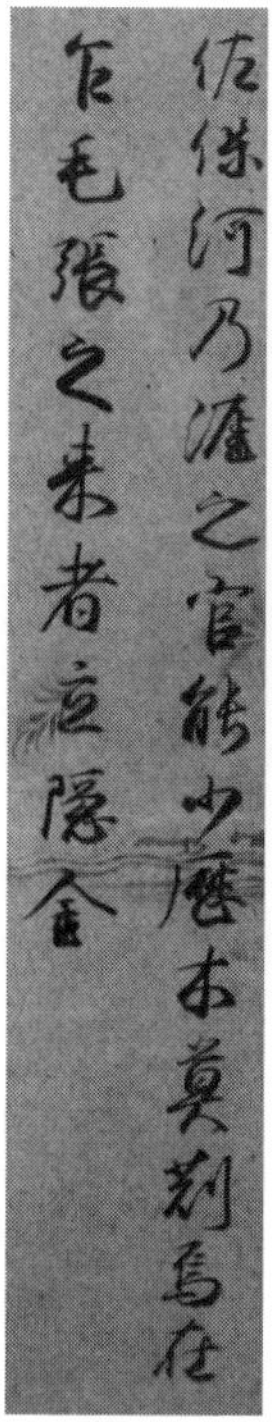

図9　桂本『万葉集』『日本名筆選27』二玄社より

図10　『播磨国風土記』『天理図書館善本叢書』八木書店より

図11　『皇朝造字考』より

は複数使用されています（巻三十は『日本書紀』α群とβ群が混在している）。『漢語大字典』ではこの字は「音義未詳」として、明《みん》代の沈采《しんさい》『千金記《せんきんき》』を引くのみですが、仏典に対する後晋の可洪《かこう》による音義書『新集蔵経音義随函録《しんしゅうぞうきょうおんぎずいかんろく》』（九四〇）巻十三、巻二十一にすでに「纓珞」として収められているように（鄧福禄・韓小荊二〇〇七、鄭賢章二〇〇七、韓小荊二〇〇九）、仏典に使用されており、使用字彙の社会性をうかがわせます。もとは「嬰」「瓔」（くびかざり。「纓」は冠のひもだが、同一字音を通用した音通《おんつう》）に字体上の同化（後述。『随函録』が引く「仏説瑠璃王経《ぶっせつるりおうきょう》」では前の字が「釧」）か、素材に適合させるための偏旁（部首）の置換がなされた異体字だったのです。

『随函録』は木村正辞らも部分的に利用しましたが、玄応《げんのう》や慧琳《えりん》による『一切経音義《いっさいきょうおんぎ》』などに比べて限定的でした。「桼」は『新撰字鏡』「小学篇」にモチヒとして収められますが、「桼」の異体字のようで、やはり『随函録』などに見られます。「𨄔」は平安時代初期の『日本霊異記』上巻に「トナカル」と読ませる訓注がある国字とされることが起きたのですが、「踴」の異体字で幽霊語形だったことが明らかにされています。これも、同書に用いられている「膳」などとあわせて『随函録』で確かめられます。

「欄」は、『播磨国風土記』に「欄坐山《たなくらやま》」（所在地不明）などとして現れますが（図12）、『新撰字鏡』に「棚」は「閣也」とあるように、そこに偏旁（部首）を付加したもので、『六朝別字記新編《りくちょうべつじきしんぺん》』にも見られます。「瓠」（コ、ひさご）に草冠を付加した「𦾔」は、中国、朝鮮、日本で用例が見られます。部首を付加・置換するパターンとしては、「鋺」（かなまり）「埦」（椀・碗・盌。宛と完は中間形もあり交替した）「垸」「鋎」などのほか、「坏」（杯・盃）、「鍺」「機」（材

図12　『播磨国風土記』『天理図書館善本叢書』八木書店より

質の表示が矛盾する部首に矯正を図ったもの）などがあり、日本で改造されたものもあります。こうした生活上の字がとくに木簡や文書によく残っているほか、「軄」（職）、「偁」（稱・称）も一般的でした。

　中国の一地方で生まれ、朝鮮で多用された異体字「ア」「マ」（部）、「弖」（氐）、「手」「閇」（方国花二〇〇三ほか後述）なども位相性を示す用例が残されています。

　隋唐代には、規範的な字体が定められます。科挙のために経典の字体に規範が求められ、字様書《じようしょ》（規範字体の筆画を示した書籍）が編まれるようになります。しかし字様書であっても、『干禄字書《かんろくじしょ》』と『五経《ごけい》文字』『九経《きゅうけい》字様』、あるいは石経《せっけい》とでは「正字」の字体が異なる例も見られます。書家が輩出し書道が発展し、永字八法《えいじはっぽう》（「永」の字に含まれる八つの基礎運筆法）などの理論も整えられます。宮廷写経に見られる初唐標準（六一八―七一二）では「来」「礼」「為」のような『干禄字書』に即した字体が用いられ、これが日本的標準となる一方、中国では、開成石経（八三七）で「來」「禮」「爲」といった『五経文字』に即した字体に切り替えられて宋版へ受け継がれたとされます（石塚一九九九ほか）。確かに木簡は初唐標準と重なります（「為」の烈火は続け字）。「寂」は南北朝・隋では「家」、初唐標準は「宋」、開成標準は「寂」と、使用年代ごとに差が現れます（池田二〇一一ほか）。なお、日本では書風も六朝風から晋（王羲之《おうぎし》）・隋唐の影響が順次見られます。

　こうした字体の揺れには、すでに述べたとおり意味用法に基づく使い分けもありました。「叅」「叄」（參　参）は、後者は数字の大字に用いられました（小野田一九九五、小野田二〇〇六b。中国では今に受けつがれている）。翻字の際には、こうした区別も統一されることがあります。

　なお、同じ字を、特に意味、用法上の使い分けがなく、つまり「弔」「吊」、「著」「着」のような使い分けがあるわけでもなくても、繰り返して書く際に一回目はきちんと書き、二回目以降は省略するなど変化を付けて書く技巧が中国から伝わっていました。「疊」を近接して書く場合に、兼永本《かねながぼん》『古事記』中巻では三回めを「畳」と略しています。これは変字法《かえじ》の字体レベルの技巧といえ、筆記経済を求めた結果であるほか、視覚面で変化を付ける美観を重視したもので、吉田本『日本書紀』巻一に「釼」「劒」（歴代碑刻にある異体字を収録した清代の『碑別字《ひべつじ》』に魏碑の「釼」（劒）があった）、岩崎本『日本書紀』巻二十二に「釼」「劒」、真福寺本『古事記』に「国」「國」などが同じ筆跡の一行ないし一丁に見られます。同じ音や語を表す字種や字体、表記に変化を付ける点で、「異化」と通底します。

字体を動態としてとらえると、紙面においてある字の字体・字形が別の字に影響を与える現象が浮かび上がってきます。構造、形態としては点画から部首・偏など構成要素、字全体までが付加、置換します。「嬬」（需は耎とも書かれた）のように字の内部でも起こります。字体・字形においては、この同化のほか転倒や融合（澤瀉一九四一bなどの示す「手弱女」（たおやめ）が「手嫋」、木下二〇〇〇の示す「纏及」（（ゆつか）まくまで）が「級」になるような合字化。「𦬇」「麿」と連続する）、異化なども観察され、音韻・音声のそれらと並行的に捉えることが可能です（笹原二〇〇五）。後の字に影響する順行型、前の字に干渉する逆行型ともに見られ、熟語に限らず隣接した文字同士、近接しない字同士にも発生する遠隔型、さらにはそこにないが連想される字によるものもあります。原因には目移りによる誤写のように心理的、生理的な面があり、書記行為には意図的、誤記・誤写につらなる無意図的なケースがあります。字面の安定感、装飾性、一語感が得られることもあり、個人や場面、集団などで習慣化するケースも見られます。

「（霞　かすみ）霏霺」として出現する「霺」字は、小島一九六二、小島一九七八ほかで漢籍の「霏微」によるものとして考証され、「霺」という字や語義に人麻呂の創作説も唱えられましたが、隋源遠二〇一六は近年構築されたデータベースを利用し、北周の墓誌（五七七年か）に「霧霏霺」とあったほか「四庫全書《しこぜんしょ》」にも見られる、視覚的な美を求めた偏旁類化と指摘しました。

「可怜」も「何怜」（桂本『万葉集』七六一など）と書かれることがあり（図13）、これにも人麻呂創作説が唱えられたことがありましたが、敦煌写本や佚存書『遊仙窟《ゆうせんくつ》』の複数の写本などに用例があり（笹原二〇一六a）、一語化に伴

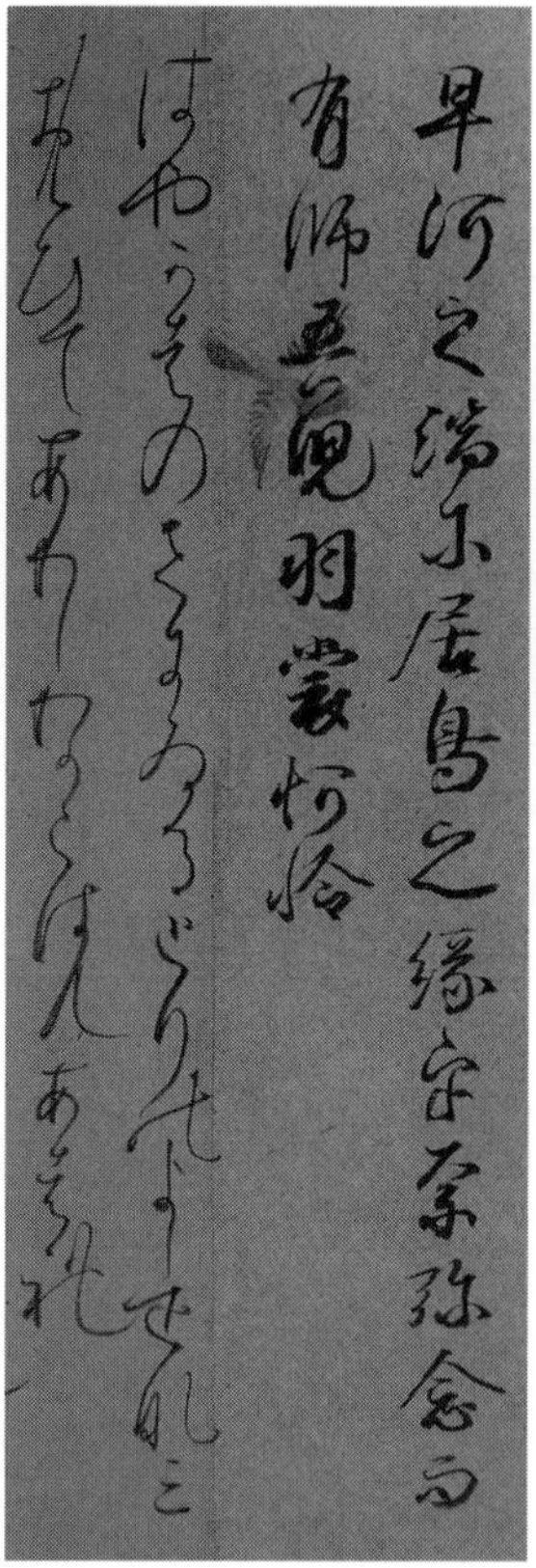

図13　桂本『万葉集』『日本名筆選27』二玄社より

う中国製の同化だったものが、字書になかったため国字と誤認されるに至ったものでした。正倉院文書の手紙の下書きには「⿰忄可嘖」と「呵」の代わりに用いられています（中川二〇一八）。真名本《まなぼん》『伊勢物語』では「かれいひ」に当てられるなど後代にまで影響を及ぼしました。

4　日本製異体字・日本製用法・日本製漢字

上代においては、きちんと書こうとして書けずに生じた誤字もあったでしょうし、意図して改造を加えた日本製漢字字体すなわち日本製異体字も先に触れたとおり生じていたようです。中国にある同じ字体を持つ漢字を踏まえたもの、造字したつもりだったのにたまたま字体が中国の漢字と重なったもの（結果としては「衝突」を引き起こす）は国訓《こっくん》（新井白石の用語）とよばれます。いずれにせよその字種・字体にとっては字義が追加され、多義字化したことになります。

図14　兼永本『古事記』中　勉誠社より

道具の素材や植物であることを示すための部首や構成要素（偏旁）の追加・置換は「桙」（鉾）、「桉」（鞍。飛鳥池木簡など）「疊」（国訓の「畳」（たたみ）。図14）など、上代にはしばしば現れました。「偲」を「しのふ（後に、しのぶ）」として用いるのも国訓で、藤原京木簡にも見られます（「思」に部首を付加したもの。乾二〇〇三）。「妋」は、藤原京木簡などに現れ、「夫」に部首を付加したもので、異体字ともいわれます。中国では貪るさま　恨みのこもった表情をすることを指しましたが、日本では、「なせ」、「せ」と読み、男子を親しみ呼ぶことば、めおと（夫婦）の意で使われました。戸籍帳では、「娣」とともに使用に地域差がありました（犬飼二〇〇五）。「杜」を「もり」とするのも国訓とされます。当時、杜甫《とほ》や渡来人の姓として馴染む人が多かったことでしょう。『万葉集』に見られる例は「社」がもとだったとされ（澤瀉一九四一a）、『日本書紀』写本などでも「社」「杜」が互いに異体字として使用されました（木村正辞「語彙書類」（「異体字研究資料集成」））。いつの時代に、この用法が広く知られる社会環境や習慣が生じたのかさらに検討を要します。

字体だけでなく意味に関わる変化・加工についても簡単に触れておきましょう。中国では、楷書が萌芽した後も、字義はいわゆる引伸、転化を繰り返し、さらに形声、まれに会意、同化などにより字の改造や造字が続けられました。中国に先に存在した字体に関しては、暗合（字体及び用法の偶然の一致）、衝突（字体の偶然の一致）のほか伝播した「佚存義」という可能性もあるため、時代や資料を検討し、名物考証や交流の状況などの把握が必要となります。『万葉集』（五一）、木簡など上代に用いられた「婇」（采女《うねめ》）も中国で同化によって生じていました（「婦」など対称性を求める意識も働いた可能性があります）。「とじ」にも「刀自」やその合字、合字の変形とも解される「負」などが用いられました。

朝鮮でも高句麗《こうくり》・百済《くだら》・新羅《しらぎ》の鼎立する三国時代より朝鮮の国訓、国字が生み出されました。それらは、早くに日本に伝わってきていたことが知られています。蔵の意で用いる「椋」や、「鑰」（かぎ）の意で朝鮮で用いられていた「鎰」（の異体字）をさらに略したものかとされる「益」は、飛鳥池木簡に見られます。

「鮑」もその一つとされることがありますが、実際には各国の古代における初出に近いと考えられる用例は拮抗しています（笹原二〇一二。朝鮮では十三世紀の木簡にも「鮑」が用いられている。橋本二〇一六）。

	鮑	蚫
日本	七世紀	八世紀
朝鮮	一〇世紀	八世紀
中国	七世紀	一四世紀

後代の『和名類聚抄』には『漢語抄』や、『本草』など漢籍と考えられる資料が孫引きを含めて引用されています。しかし、そうしたものに対して現存する種々の資料からの検討を加えると、たとえば「鮑」とその部首を置換した「蚫」は、出土木簡や史書、随筆など伝来文献などの現存資料に、上記のように用例等が存在しているのです。

「串」も、真福寺本『古事記』中巻「病矢串」（図15）のほか、『万葉集』、平城京木簡、「法隆寺伽藍縁起并流記資材帳」（『古代資材帳集成』）などに見られます。中国の「丳」（くし）が日本で、別字の「串」になったとされるのですが、仏典などを精査すると疑問が生じます（笹原二〇一五）。中国ではより古い「玉」、「貫」の上部も貫く物は線が一本だけで表現されていました。

国訓には、当時よく用いられていた字書『玉篇』などに同じ形の漢字があることが拠り所、土台となって生じ、定着をみたものがあるのでしょう。『日本書紀』神代巻に現れる「⿱雨要」(め)「龗」(おかみ)は、「靈」の「巫」を取り換えて、それらの漢字の字義も変えています(図16)。先に触れた「閉」の異体字の一つ「閇」で「まろ」「まら」と読ませる例は飛鳥池木簡などにあり、「[illegible]」「[illegible]」なども見られます。こうした門構えの形は漢簡に見られ、朝鮮経由で伝来したこともあり(平川二〇〇八)、「閉」の男陰という字義は中国の「門」の一用法から応用した日本化字義・国訓でしょう。

国字すなわち日本製漢字の出現は、一語を一字で書こうとする意識が背景にあります(山田一九三七)。訓読みをする漢字、合字と共通します。字音を表記する必要がないので、形声ではなく、和語の意味を想起しやすい会意が好まれました。語形が短い単音節語でなくても訓読みを用いれば、一字化が可能だったのです。偏旁の付加や置換も字義を特定し、一語を一字で書こうという意志が生み出した面もあったのでしょう。熟語の同化形にも、同様に一語を表記しようとする意識が働くことがありました。

中国製漢字なのに中国で古い記録をいったん失ったため、日本製漢字のように見えてしまうものは、「佚存文字」などの名称を与えて日本製漢字とは区別すべきものです。正倉院文書や木簡に出現する「畠」(はたけ)も、その可

図15　真福寺本『古事記』中　桜楓社より

図16　吉田本『日本書紀』巻一　勉誠社より

図17　「麻呂」「麿」合字化の経過　『正倉院古文書影印集成』八木書店より

「御野国味蜂間郡春部里大宝二年戸籍」（七〇二）

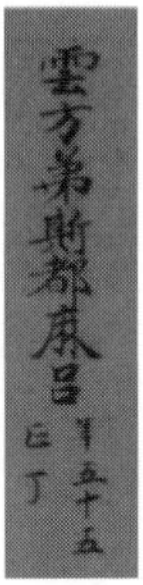

「写後書所解」天平一九年（七四七）

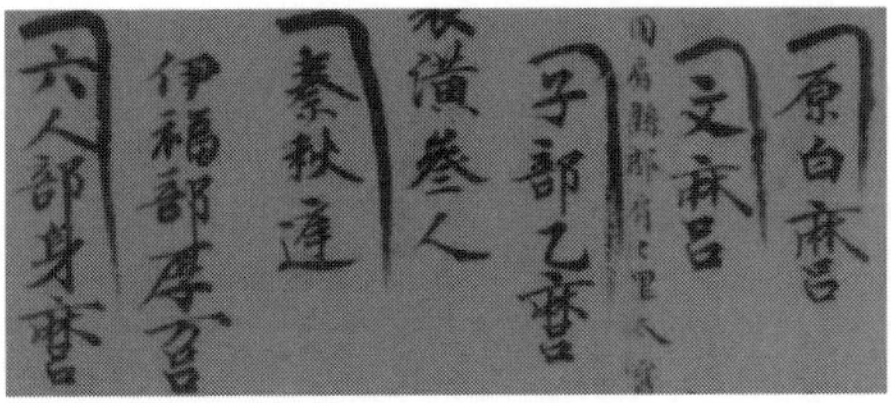

「写経所解」天平二〇年（七四八）

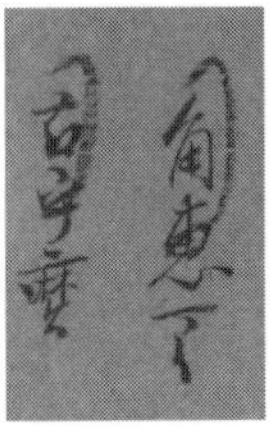

能性があります。朝鮮の国字「畓」（ノン　後に字音タプ）の日本への伝来は古く、八世紀の正倉院宝物に記された例が確認できます（笹原二〇〇七）。百済の木簡に「畠」の使用例が見つかったとの報道が近年にありましたが、その写真（平川二〇一四など）を見ると、他の行の字の間隔や「白」「田」のそれぞれの書きぶりなどから「白田」という二字（漢語で熟語として六朝時代からすでに存在していた）である可能性が残り、慎重に判断する必要があります。

日本製の漢字は、七世紀には出現しました。『日本書紀』巻二十九に記された天武天皇十一（六八二）年三月丙午《へいご》、「命境部連石積《いわつみ》等、更肇俾造新字《にいな》一部四十四巻」という記載と時代的に矛盾はしません。「俣」は、中国では「俁」という字の異体字として存在していましたが、日本では古くよりその字体で「また」として用いられていました（笹原二〇一八）。当時の字体は文書や木簡によって分かります。写本や版本で字体に崩れが生じていきました。

『万葉集』で訓仮名として「夏樫」（なつかし）と使われた「樫」は、漢字「橿」の旁を日本で理解しやすい字に置換したものでしょうが、字音を失い、その字とのつながりも認知されなくなって、異体字ではなく国字として意識されるようになっていきます。田辺橿実という人の場合、天平《てんぴょう》も終盤の七四八年までは漢字「橿」だったものが、天《てん》平勝宝《ぴょうしょうほう》二（七五〇）年には国字「椦」へと移行していました（笹原二〇一八）。六書には当てはまらない造字法も中国、朝鮮から導入されました。人名に用いられる音仮名「麻呂」の合字「麿」は「日下」（熟字訓で「くさか」）の「杲」よりも遅く、正倉院文書や木簡では、天平年間において一文字に合わさったように見える例が増えます（笹原二〇一八。万呂なども合字化しました。図17）。こうした現象が、人物名の表記や写本の年代を措定《そてい》する材料となる可能性があります。

5 おわりに

ここまで、漢字研究と言語研究の立場から字体を中心とする多様な現象について、現存する上代文献という有限な情報の中で、何がどこまで明らかになるのかという現状の一端を述べてきました。

上代の漢字は、唐代までの中国の漢字の影響が濃いのですが、漢字の使用を続ける中で、種々の日本化が進展していました（語レベルでは、すでに和製漢語や混種語が見られます）。

字義の派生、転化　　　　　　：日本製字義（国訓）
字音の派生、転化　　　　　　：日本製字音（慣用音（これを和音と呼ぶこともあった））
部首・旁などの変形・付加・置換：日本製異体字
漢字の作製　　　　　　　　　：日本製字種（日本製漢字、和製漢字、国字）

現在、こうした現象を扱う研究領域が細分化していることもあって、用いられる術語や概念はまちまちです。漢字は、中国で研究がさまざまに進展していますし、日本語学や日本史学などでも独自に進められています。相互に字に対する用語（ラベル）の概念を明確にし、その適用を個々の字に対して実際に行っていくと、現存資料、あるいは参照可能な資料により、典型的なケースが現れる一方で、その資料のもつ種々の制約により、グレーゾーンも広がっていることが明らかになることでしょう。

上代文献のことばや文章を正確に読解するためには、まずは漢字に関する事実を捕捉し、適切に位置づけることが不可欠です。一次資料のほかに各種の辞書や索引などの工具書だけでなく、コーパスやデータベースなど電子化された資料までもが蓄積されていく現代においては、それらを資料としての性質や漢字に関して示される情報の限界もよく把握したうえで、的確に使用していくことが求められます。

主要文献

池田証寿 二〇一一 「「寂」の異体―HNGによる考察―」『訓点語と訓点資料』一二七
石塚晴通 一九九九 「漢字字体の日本的標準」『国語と国文学』七六―五号
井手　至 一九九九 『遊文録　国語史篇二』和泉書院
乾　善彦 二〇〇三 『漢字による日本語書記の史的研究』塙書房
犬飼　隆 二〇〇五 『上代文字言語の研究　増補版』笠間書院
小川靖彦 二〇一一 「「書物としての萬葉集古写本」」『萬葉語文研究』一一
小野田光雄 一九九五 「古事記の大字「叄」について」『古事記研究大系』一〇
小野田光雄 二〇〇六a 「上代人の用いた嶋字について」『古事記年報』四八
小野田光雄 二〇〇六b 『古事記釈日本紀風土記ノ文献学的研究』続群書類従完成会
澤瀉久孝 一九四一a 『萬葉古径』全国書房

澤瀉久孝一九四一b『萬葉の作品と時代』岩波書店

韓　小荊二〇〇九『《可洪音義》研究―以文字爲中心』四川出版集團巴蜀書社

木下正俊一九九〇「万葉集古写本の本文改変」『国文学』六七号

木下正俊二〇〇〇『万葉集論考』臨川書店

小島憲之一九六二『上代日本文学と中国文学』中　塙書房

小島憲之一九七四「万葉用字考実例」（二）」『万葉集研究』三

小島憲之一九七八「万葉用字考実例」（四）」『万葉集研究』七

笹原宏之二〇〇五「漢字文字列における同化と衝突」国立国語研究所編『雑誌『太陽』による確立期現代語の研究―『太陽コーパス』研究論文集―』博文館新社

笹原宏之二〇〇七『国字の位相と展開』三省堂

笹原宏之二〇一二「異体字・国字の出自と資料」『漢字字体史研究』勉誠出版

笹原宏之二〇一五「〝串〟字探源―以〝串〟表扦子之意为中心」『中国文字研究』二一

笹原宏之二〇一六「国字（日本製漢字）と誤認されてきた唐代の漢字―佚存文字に関する考察―」『東アジア言語接触の研究』

笹原宏之二〇一八「上代における国字の出現と表記の揺れ」沖森卓也編『歴史言語学の射程』三省堂

隋　源遠二〇一六「霏霺（たなびく）」新考」『上代文学』一一六

高橋久子二〇〇〇「『色葉字類抄』の価値」『日本語学』一九―一一

中川ゆかり二〇一六「破棄された手紙―下級役人下道主の逡巡―」『萬葉語文研究』特別集　和泉書院

西宮一民一九九一『上代の和歌と言語』和泉書院

鄭　賢章二〇〇七『《新集蔵経音義随函録》研究』「漢文仏典語言文字研究叢書」湖南師範大学

鄧　福禄・韓　小荊二〇〇七『字典考正』湖北人民出版社

橋本　繁二〇一六「沈没船木簡からみる高麗の社会と文化」国立歴史民俗博物館・小倉慈司編『古代東アジアと文字文化』同成社

平川　南二〇〇八『日本の原像』二　小学館
平川　南編二〇一四『古代日本と古代朝鮮の文字文化交流』大修館書店
廣岡義隆二〇〇四「風土記の原形態について」『国語と国文学』八一―一一
方　国花二〇〇三「門構えの略体の用例からみた古代東アジアにおける漢字文化の受容と定着」『国語と国文学』九〇―一二
森　博達二〇一一『日本書紀　成立の真実』中央公論新社
山田孝雄一九三七『国語史　文字篇』刀江書院（『日本文字の歴史』書肆心水　二〇〇九）

〔付記〕

本稿は、科学研究費基盤研究（S）「木簡など出土文字資料の資源化のための機能的情報集約と知の結集」、同「木簡等の研究資源オープンデータ化を通じた参加誘発型研究スキーム確立による知の展開」、同基盤研究（C）「現代日本語における漢字の字体・字形の実態とその背景に関する調査研究」、東京外国語大学AA研「アジア文字研究基盤の構築1」による部分がある。

原本系『玉篇』の意義と検索方法

瀬間正之

1　原本系『玉篇』と上代文学

記紀、万葉をはじめとする我が国の上代文学、律令やその注釈書といった古代史料、ひいては平安時代の漢詩文に至るまで、我が国の古代文献に大きな影響を及ぼした字書に中国南朝梁《りょう》の顧野王《こやおう》による『玉篇《ぎょくへん》』があります。やや遅れて成る『切韻《せついん》』が韻分類による字書であるのに対して、この部首分類による『玉篇』は、とりわけ日本では、漢字の字形さえ認めれば、音義はわからずとも簡単に引くことが可能であることから、長い間、字書の代名詞にさえなっていました。我が国古代、常に知識人の座右に置かれ、漢文読解にも、文章制作にも愛用された『玉篇』は、現在の我々が、古代漢字文献を読解する上でも不可欠の字書であると言えるでしょう。既にその方法論は、故小島《こじま》憲之《のりゆき》博士によって繰り返し提示されています。主なものを挙げれば、以下のとおりです。

「上代に於ける学問の一面——原本系玉篇の周辺——」(『文学』三九‐一二、一九七一年一二月)

「日本書紀の『よみ』——原本系玉篇を通して——」(『文学』四一‐八、一九七三年八月)

「日本書紀の訓詁をめぐって――原本系『玉篇』との関連に於いて――」（『訓点語と訓点資料』五四、一九七四年五月）

「原本系『玉篇』佚文拾遺の問題に関して」（大坪併治教授退官記念『国語史論集』（表現社）、一九七六年五月）

たとえば、「大日孁貴。此云於保比屢咩能武智。孁音力丁反」をはじめ日本書紀に見える音注の反切が、原本系『玉篇』の佚文《いつぶん》や抄出本である空海撰『篆隷万象名義《てんれいばんしょうめいぎ》』に一致することを指摘され、原本系『玉篇』が施注者の手元に置かれていたことを明らかにしました（「原本系」については後述）。

また、『万葉集』における原本系『玉篇』の利用については、『萬葉集研究』第二・三・四・七集（塙書房、一九七三年四月・一九七四年六月・一九七五年七月・一九七八年九月）に連載された「万葉集用字考証実例」が有益です。これを活用するために索引を作成しました。末尾に掲載するので、活用していただければ幸いです。

さて、『玉篇』が成った梁という時代は、折しも六朝《りくちょう》文化絢爛の時、儒仏道の三教が兼学され、玄儒文史《げんじゅぶんし》（老荘思想・儒学・文学・歴史学）が博《ひろ》く享受されていました。『華林遍略《かりんへんりゃく》』『経律異相《きょうりついそう》』といった武帝蕭衍《しょうえん》自らの命による外典内典《げてんないてん》（外典は仏教での仏教以外の書をいい内典は仏典を指す）の類書も編纂され、その皇子、蕭統《しょうとう》・蕭綱《しょうこう》も『文選《もんぜん》』『玉台新詠《ぎょくだいしんえい》』といった選集を次々に編み、こぞって六朝美文が制作されました。美文に典故《てんこ》は不可欠です。如何に多くの故事を知るかが競われた時代だったのです。

そうした風潮の中で誕生した『玉篇』が、美文制作の要求に適《かな》った字書であることは言うまでもありません。煩雑なほど典故の挙例に労を尽くした字書であると言うことができます。すなわち、掲出字の音を反切《はんせつ》（漢字の字音を、他の漢字二字の音の組み合わせによって表す）で挙げ、広く典籍《てんせき》の実例とその訓注を引き、顧野王自身の見解を「野王案」として述べるという体裁を有しています。小島憲之氏が『玉篇』を訓詁学《くんこがく》の類書と見なしたことは実に当を得た見解でした。この梁の時代になったものを原本系『玉篇』と呼びます。

六朝美文の時代から、古文復興、唐宋八家文《とうそうはっかぶん》（文人八人の名文を集めたもの）の時代を迎えると、漢字の字音・字義も変化を生じ、漢字量自体も増加します。これに伴って、『玉篇』も幾度か増補改編が行われ、宋の時代になって今日に残る『大広益会《だいこうえきかい》玉篇』が成立します。これは、漢字の配列順序は、ほぼ原本系『玉篇』を踏襲していますが、反切を当時の発音に改め、大幅に典拠の挙例を削った体裁となっています。これを〈宋本《そうほん》玉篇〉とも呼びます。

さて、今日でも簡単に入手可能な〈宋本玉篇〉に比べて、失われた原本系『玉篇』こそが、我が国上代文献の解読に必須のものですが、その復原は容易なことではありません。かろうじて我が国のみに残った数巻の古写本、多くの書に引用された佚文、そしてその抄本とも言うべき『篆隷万象名義』……、これらを集大成して、できる限り、往時の姿に近づける以外に方法はありません。

これまでにも、早くは岡井慎吾《おかいしんご》氏による佚文集成（『玉篇の研究』東洋文庫、一九三三年）、馬淵和夫《まぶちかずお》氏によるその増補補正（『玉篇佚文補正』一九五二年）、西端幸雄《にしはたゆきお》氏による「原本玉篇零巻・玉篇佚文補正漢字索引」（一九七六年）、さらには宮沢俊雅《みやざわとしまさ》氏による『篆隷万象名義』掲出字一覧表（これには原本系玉篇佚文検索の機能も付されている。『高山寺古辞書集成二』一九七七年）などが刊行されています。最古の岡田氏の佚文を除き、いずれも「手書き原稿」の印刷製本です。以後、今日に到るまで、佚文の発見は続いています。西崎亨《にしざきとおる》氏、佐藤寛《さとうひろし》氏などの佚文報告があり、とりわけ井《い》野口孝《のぐちたかし》氏は、精力的に佚文蒐集に努められ、次々と佚文を考証されています。これらの佚文を集大成して、『原本系玉篇佚文集成データベース』を作る必要性と緊急性はつねづね研究者の自覚の中に見え隠れしていたことと思われます。

近年、池田証寿《いけだしょうじゅ》氏によって作成された『篆隷万象名義』『宋本玉篇』掲出字データベースも、そうした自覚の顕在化の一つであると思われます。篆隷万象名義データベース（UCS対応版）は以下のとおりです。

https://github.com/shikeda/HDIC

さらに池田氏は、「平安時代漢字字書のリレーションシップ」（池田証壽・李媛・申雄哲・賈智・斎木正直共著、『日本語の研究』第一二巻二号、二〇一六年四月）を発表し、今後、原本系『玉篇』の検索はさらに容易になる展望が開けました。

2 原本系『玉篇』書誌・現行本

玉篇…梁・顧野王（五一八〜五八一）五四三年、顧野王二五歳。

部首分類

部首数…説文五四〇部に対して五四二部（哭・畫・教・眉など一一部除外、父・云・兆・書など一三部追加）

配列順序…説文が字形の連関性による配列であるのに対して、字義の類似性に重点を置く。

掲出字・反切・典籍の用例と訓注・野王案・小学書（文字・訓詁・音韻の基本図書）の引用・或為某字、在某部

類書的性格…駢文《べんぶん》（典故や装飾的修辞を多用する）流行の時代背景から、経学《けいがく》（経書の解釈学）のみならず、史学・文学作家が必要とする素材と知識を提供。

原本系玉篇三〇巻（または三一巻）

散佚　巻八（五字のみ伝わる）・九（完全）・一八・一九・二二・二四などのべ七巻が日本に残巻

上元本《じょうげんぼん》…上元元年（六七四）孫強《そんきょう》が増補。散佚。

宋本（大広益会）玉篇…反切を当時のものに改め、用例を大幅削除。

玉篇残巻

『玉篇零巻』（台湾力行書局）

清・黎庶昌《れいしょしょう》跋の日本旧鈔巻子本の影印。

『原本玉篇残巻』（中華書局）
巻八（勝田《かつた》氏蔵）・巻九（早稲田大学蔵・福川氏《ふくかわし》崇蘭館《そうらんかん》蔵）・巻一八後分（勝田氏蔵）・巻十九（勝田氏蔵）・巻二十二（神《じん》宮文庫《ぐうぶんこ》蔵）・巻二十四（大福光寺《だいふくこうじ》蔵）・巻二十七（高山寺《こうさんじ》蔵）・巻二十七（石山寺《いしやまでら》蔵）を収める。

篆隷万象名義関係

『篆隷萬象名義』高山寺古辞書資料第一（東京大学出版会、一九七七年）
宮沢俊雅編「掲出字一覧表」は、残巻、代表的佚文、宋本玉篇の所在を確認できる。
『篆隷万象名義』弘法大師空海全集第七巻（筑摩書房、一九八四年）
紙質がよく、写真が最も鮮明で高山寺古辞書資料第一の不鮮明な部分も確認可能な場合がある。
『篆隷万象名義』（中華書局、一九九五年）
高山寺本影印・崇文院《すうぶんいん》索引・篆隷万象名義〈字表〉及び〈校字記〉説明・篆隷万象名義字表・篆隷万象名義校字記からなる。
『篆隷万象名義校釈』呂浩著（学林出版社、二〇〇七年）
部首索引付きの活字本で、影印本で不鮮明な字も確認することができ、最も簡便で活用しやすいが、影印本で再確認する必要がある。

讎 視周反。用也，對也，匹也，疇，應，輩，怨也。

『篆隷万象名義校釈』

総合的なもの

『玉篇及原本零巻附検字』（藍燈）
大広益会玉篇の影印と日本現存旧鈔本零巻を収め、部首索引を巻頭に置いたもの。

胡吉宣著『玉篇校釈』（上海古籍出版社、一九八九年）

全六巻（本文五八八四頁・索引三〇六頁）。原本系玉篇残巻・宋本玉篇を統合し、校釈を付した大著で、胡吉宣の手稿を印刷したもの。宋本、残巻の他、諸書を引いて原本系『玉篇』に迫ろうとしたもの。四角号碼《しかくごうま》索引（漢字の形で引く）もあり、利用しやすいが文字が読みにくい憾《うら》みがある。

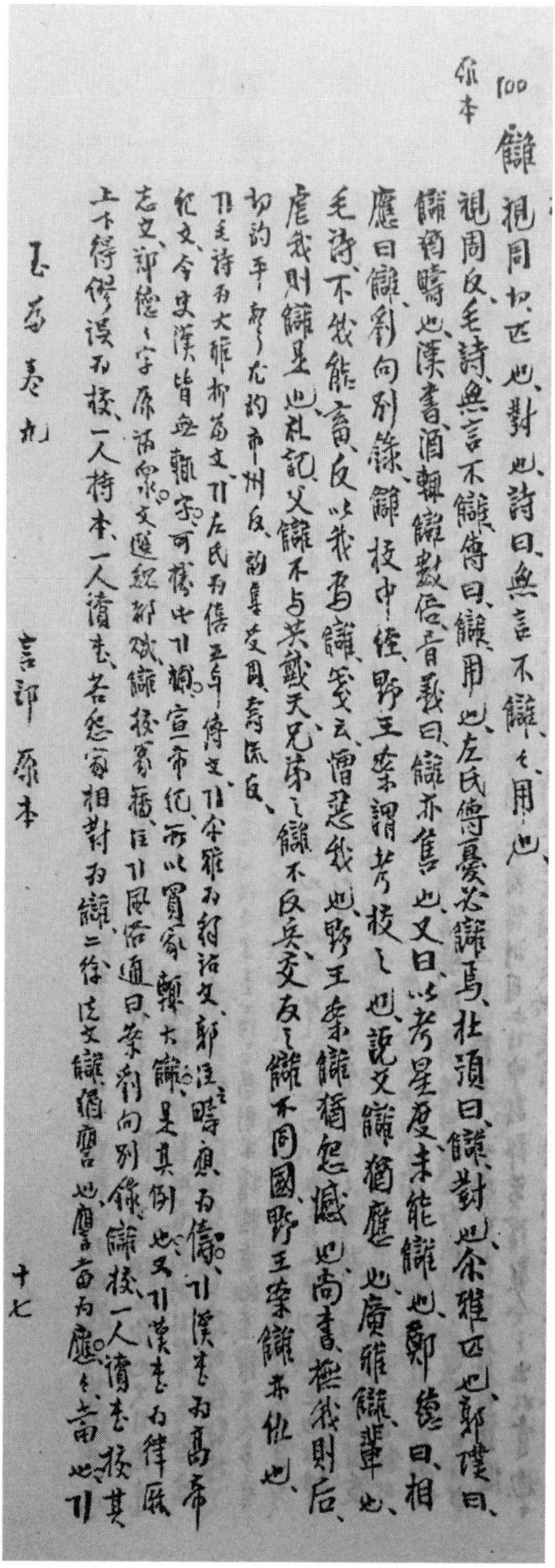

『玉篇校釈』

3 原本系『玉篇』検索方法

以下、調べたい字が原本系『玉篇』佚文のどこに掲載されているか、検索する方法を解説します。

A『高山寺古辞書資料 一』所収の宮沢俊雅編「掲出字一覧表」

①三七一頁の部首一覧で当該部首の頁を検索

②三七三頁以降の掲出字索引で当該字を検索

③当該字を篆隷万象名義で調べる

④※必ず、四九八頁の凡例を読むこと

⑤四九九頁以降の掲出字一覧表で下記諸本での所在を確認

原本系玉篇残巻→玉篇零巻

佚 岡井慎吾「玉篇佚文」『玉篇の研究』所収

補 馬淵和夫「玉篇佚文補正」東京文理科大国語国文学会紀要三

宋 宋本玉篇 『玉篇』（中文出版社）『大広益会玉篇』（中華書局）

理 『大乗《だいじょう》理趣《りしゅ》六波羅《ろくはら》経《きょう》釈文《しゃくもん》』所引原本系『玉篇』

新 『新撰字鏡』所引原本系『玉篇』『新撰字鏡』（臨川書店）

令 井上順理《いのうえまさみち》「令集解《りょうのしゅうげ》引玉篇佚文考」鳥取大学教育学部研究報告一七

類 図書寮本類聚名義抄《としょりょうぼんるいじゅうみょうぎしょう》（勉誠社）所引『玉篇』

弘 図書寮本類聚名義抄（勉誠社）所引『篆隷万象名義』

例えば、「讎」を調べる場合、①を見れば、七画言部は四五三頁とある。②で四五三頁の言偏を見ていくと、一六画（四五五頁）に「讎　三‐一二ウ・一」とある。③篆隷万象名義巻三・一二丁裏・一行目に「讎」字がある。さらに⑤五三三頁を確認すれば、次のとおりである。

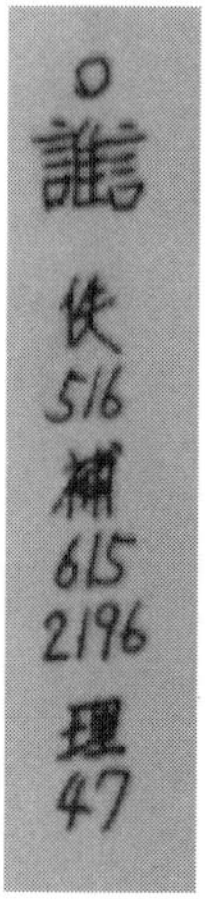

○は、玉篇残巻にあることを示し、佚516は、「玉篇佚文」、補615は、「玉篇佚文補正」の掲出字番号を示す。理47は優鉢羅室《うはつらしつ》叢書の『大乗理趣六波羅経釈文』の頁を示す。当該部分を挙げれば、以下のとおりである。

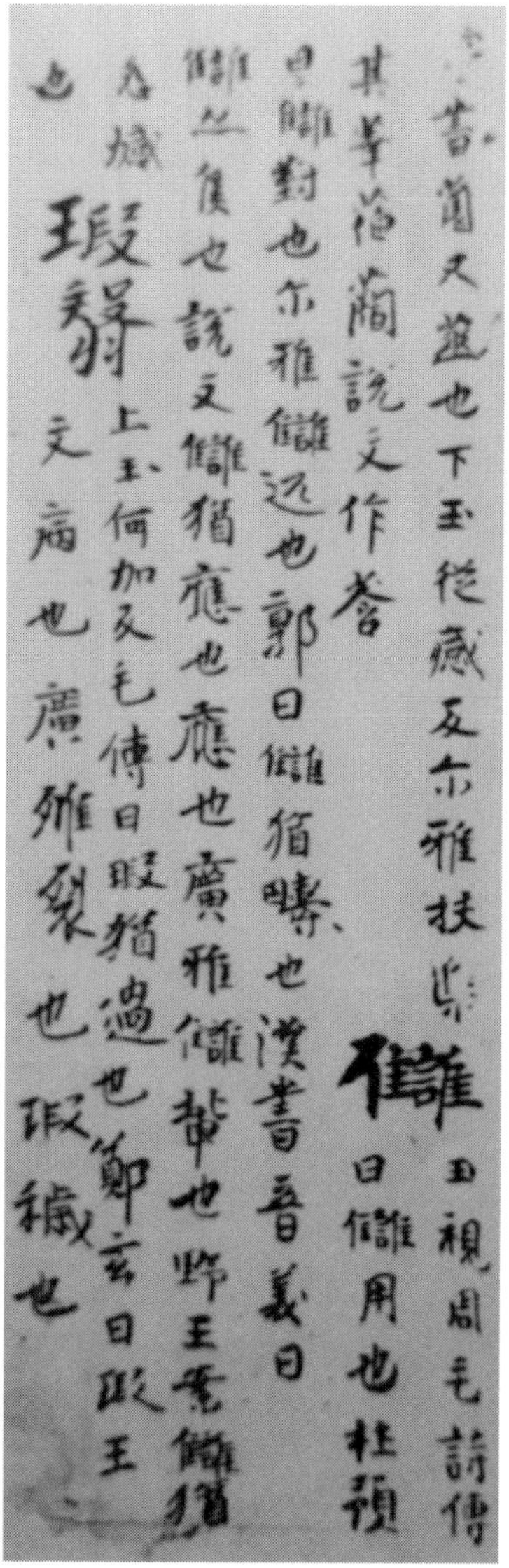

B西端幸雄「原本玉篇零巻玉篇佚文補正漢字索引」（訓点語と訓点資料五九）

原本系玉篇残巻と馬渕和夫「玉篇佚文補正」（東京文理科大国語国文学会紀要三）の部首索引

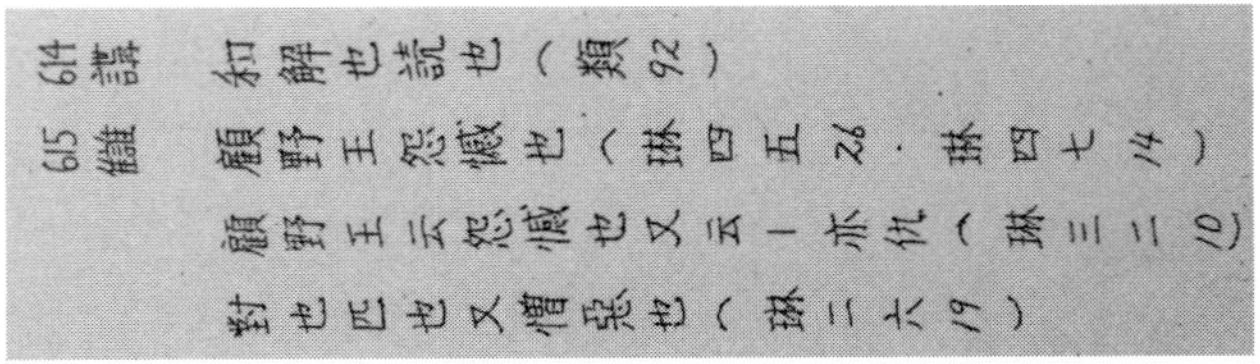

614 講 紃解也読也（類92）
615 讎 顧野王怨憾也（琳四五26・琳四七14）
顧野王云怨憾也又云ー亦仇（琳三二10）
對也匹也又憎惡也（琳二六19）

C異體字字典　**dict.variants.moe.edu.tw/variants/rbt/home.do**

『玉篇残巻』を検索することができる。

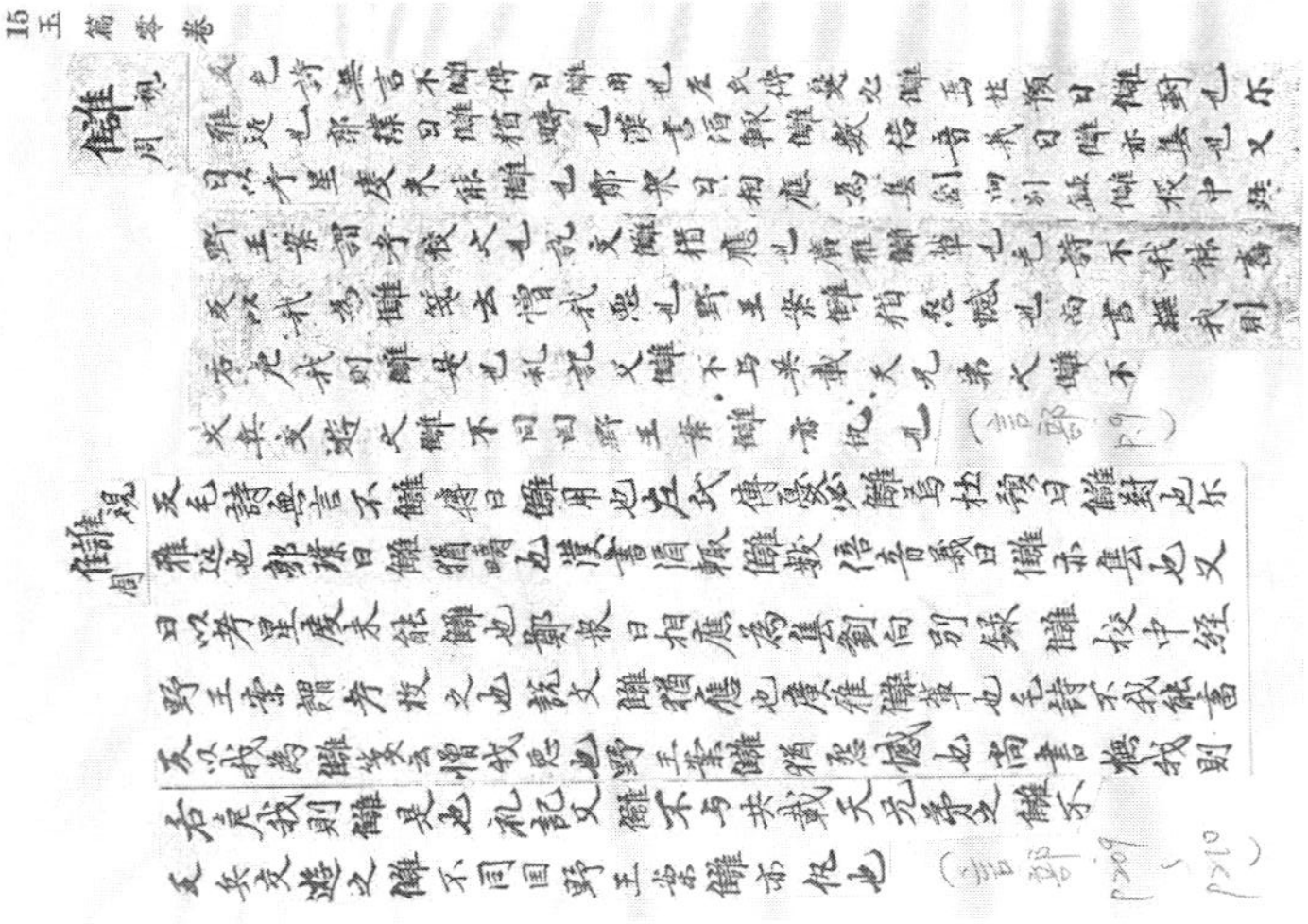

D胡吉宣著『玉篇校釈』（上海古籍出版社）

前掲のように多少読みにくいが、四角号碼索引付きで簡単に検索することができる。

4 その後の佚文検索

A・Bに掲載されない佚文は、以下に挙げるそれぞれを一つずつ確認するしか方法はありません。その都度、Bの余白に書き込んでいくのも一つの方法です。

①井野口孝

新訳華厳経音義私記の訓詁——原本系『玉篇』の利用——『文学史研究』一五（大阪市立大学文学部文学史研究会）一九七四年七月

篆隷万象名義の誤訓をめぐって『訓点語と訓点資料』第五九輯　一九七六年一一月

新撰字鏡「玉篇群」の反切用字『文学史研究』一七・一八（大阪市立大学文学部文学史研究会）一九七八年四月

「新訳華厳経音義私記」所引「玉篇」佚文（資料）『愛知大学国文学』二四・二五　一九八五年三月

大治本『新華厳経音義』所引『玉篇』佚文（資料）其一『愛知大学国文学』三二　一九九一年一一月

大治本『新華厳経音義』所引『玉篇』佚文（資料）其二『愛知大学国文学』三三　一九九三年一二月

孫強「上元本玉篇」をめぐって——『東宮切韻』今案部と原本系『玉篇』覚書——『愛知大學國文學』三四　一九九四年一二月

智光『浄名玄論略述』に引く『玉篇』の佚文について『大谷女子大国文』二八　一九九八年三月

法進『沙弥十戒并威儀経疏』にみえる『玉篇』佚文について『京都府立大学学術報告（人文・社会）』五三　二〇〇

一年一二月

善珠『因明論疏明燈抄』所引『玉篇』佚文攷　『国語文字史の研究』八（和泉書院）二〇〇六年三月

②**西崎亨**

東大寺図書館蔵中観論疏記（巻六末）引玉篇佚文　『訓点語と訓点資料』六二　一九七九年三月

天理図書館蔵建保六年書写三教指歸註引玉篇佚文　『訓点語と訓点資料』六五　一九八〇年一一月

③**佐藤義寛**

『三教指帰成安注』所引「玉篇」佚文集並びに研究　『文芸論叢』三一（大谷大学）一九八八年八月

『三教指帰成安注』所引「玉篇」佚文集並びに研究・補遺篇——付・切韻等佚文　『文芸論叢』三二（大谷大学）一九八九年三月

『三教指帰注の研究』（大谷大学）一九九二年一〇月

④**上田正**

玉篇佚文論考　『訓点語と訓点資料』七三　一九八五年四月

⑤**植垣節也**

西来寺本『真本玉篇残巻』について　『万葉集研究』二〇（塙書房）一九九四年六月

原本系『玉篇』私注——巻第二十七、石山寺本、その一　『万葉集研究』二四（塙書房）二〇〇〇年六月

⑥**林崎治恵**

原本系『玉篇』私注——巻第一九その1——　『梅花日文論叢』二　一九九四年三月

⑦**白藤礼幸**

安澄撰『中論疏記』所引の「玉篇」について　『二松』通巻一八　二〇〇四年三月

⑧小助川貞次
上野本漢書楊雄伝天暦二年点における切韻と玉篇の引用について　築島裕傘寿記念『国語学論集』（汲古書院）二〇〇五年一〇月

ある資料に「玉云」「玉篇曰」「野王云」などから始まる引用があった場合、その佚文が、原本系『玉篇』と宋本『玉篇』のいずれからの引用であるかを見分ける簡単な目印があります。原本系の場合は反切が「〇〇反」、宋本の場合は「〇〇切」となっています。「反」が反乱の意に通じるために、「切」に置き換えられたのですが、これによって原本系からの引用か、宋本からの引用かが簡単に見分けられることになります。

朗報があります。
大阪大学外国語学部の鈴木慎吾氏による『篇韻データベース』http://suzukish.s252.xrea.com/search/ に将来、澤田達也氏による『玉篇』逸文検索が追加される模様です。現在（二〇一九年一二月一日）は、宋本『玉篇』検索、切韻 Web 韻図、切韻佚文検索などが置かれているサイトです。

「萬葉集用字考証実例」索引

凡例

- ・『萬葉集研究』第二・三・四・七集に掲載された「萬葉集用字考証実例」①～④にとりあ げられた字の索引である。
- ・「所在」の丸数字は連載回数を、その隣の数字は『萬葉集研究』の頁数をあらわす。
  例：②158 →『萬葉集研究』第三集の158頁
- ・「備考」には、記紀をはじめ他の文字資料での所在、及び異体字等の付加情報を示した。
  算用数字は、万葉集の国歌大観番号、木簡h⑩7p上は「平城宮発掘調査出土木簡概報（十）」 七頁上段を示す。

番号	訓み	漢字	所在	歌番号	備考
031	うら	汭	②149	3029	
032	うれし	懽	②139	2526	1418 題詞
033	うれし	懽	②139	1658	1488 題詞
034	うれし	歡	②140	2546	
035	うれし	心呉	②140	2922	怡娯悦の誤記
036	えらぶ	擢	①74	2999	
037	えらぶ	擇	①74	2478	
038	える	擇	①75	2066	
039	おおひかくす	冒隠	①89	0126	左注
040	おく	廃・癈	①70	1127	
041	おく	擇	①73	0079	
042	おく	已	①75	0043	
043	おく	已	①75	0511	
044	おくる	遣	②150	3091	
045	おくる	遣	②150	3140	
046	おくる＝後	遣	①78	0115	800 序
047	おくる＝贈	遣	①78	3091	
048	おくる＝贈	遣	①78	3140	
049	おつ	堕	①69	0026	
050	おつ	落堕	①70	1751	
051	おつ	隕	①70	1127	
052	おびゆ	惕	①84	0199	
053	かくる	蔵	③330	2440	
054	かくる	匿	③331	1069	
055	かしこし	懼	①82	0199	
056	かす	淬	④54	1844	古文書一
057	かた	滷	①79	0131	
058	かた	滷	①79	0919	
059	かた	滷	①79	1164	
060	かへりみる	眷	①63	4157	
061	かへる	眷	①63	0294	
062	きく	聳	④55	1878	p2643 聞
063	きし	崖	①80	0143	
064	くは	钁	②158	3168	＝鍬

番号	訓み	漢字	所在	歌番号	備考
001	あかふ	贖	②158	3201	景行紀40年
002	あく	厭	②161 ④73	3207	
003	あく	厭	②161 ④73	2807	
004	あく	飽	②161	2009	
005	あく	飽	②161	3185	
006	あく	旭	②163	2807	旭日 2800
007	あく	昶	②163	3310	旭の異体字に改
008	あく	昶	②163	3312	旭の異体字に改
009	あやし	桎	③326	2385	
010	あら	麁	③339	2768	
011	あらそう	静	①65	0013	
012	あらそう	挌	①66	0013	
013	あらそう	浣	②149	3019	
014	あり	麁	③338	2739	
015	いかり	慍	③330	2436	
016	いかり	慍	③330	2627	
017	いさ	去来	③322		浄名玄論略述
018	いさ	不知	③340	2710	木簡h⑩7p上
019	いとふ	厭	②161 ④73	1955	
020	いとふ	厭	②161 ④73	1988	
021	いふ	要	②152	3113	要言 神代紀上
022	いふ	要	②152	3116	要誓以告神 杜預
023	うし	懈	②134	2872	
024	うし	倦	②135	3265	
025	うちはなひ	哂	③337	2637	
026	うつつ	寤	②132	2917	
027	うへ	筌	③340	2832	
028	うべ	諾	②132	2848	

番号	訓み	漢字	所在	歌番号	備　考
111	たなびく	蒙	① 90	1244	
112	たなびく	霏霺	④ 50	1812	霏微
113	たなびく	霏霺	④ 50	1815	霏微
114	たはぶる	譃	① 89	0126	左注
115	たび	段	① 76	0079	
116	たび	段	① 76	0131	
117	たゆし	懈	② 135	3183	
118	つかる	羸	② 144	1285	
119	つつ	筒・箇	④ 59	1993	古事記
120	つつ	筒・箇	④ 59	2201	古事記
121	つつ	筒・箇	④ 59	2594	古事記
122	つつみなく	恙無	② 160	3253	806 書簡
123	つま	嬬	① 67	0013	
124	つま	孋	③ 324	2371	3330 麗妹
125	つま	媄	④ 61	2021	
126	つむじ	飄	① 84	0199	
127	てる	花光	④ 56	1900	
128	とぶらふ	唁	① 87	0230	
129	とほし	遐	③ 329	2426	
130	とま	苫	④ 67	2176	
131	ながる	進	① 81	0196	
132	ながる	行	① 82	2092	
133	なに	何物	④ 72	2270	
134	なびく	霏	④ 51	1819	
135	なふ	搓	④ 59	2284	
136	ならぶ	位	③ 326	2387	
137	ぬる	湿	① 68	0024	
138	ぬる	湿	① 68	1764	
139	ぬる	湿	① 68		記下
140	ぬる	潤	① 68	2429	
141	ぬる	濡	① 68	0105	
142	ぬる	沾	① 68	0107	
143	ぬる	洽	① 69		記中
144	のぼす	泝	① 72	0050	
145	のぼる	騰	① 64	0002	
146	はかる ＝問・謀	諮	① 88	0126	左注「叩戸諮曰」
147	はしり	趨	① 85	0210	
148	はしり	趍	① 85	0210	
149	はつ	竟	③ 327	2410	
150	はれ	霽	④ 57	2227	
151	はれ	嚌	④ 57	1959	1569 題詞
152	ひ	嚏	③ 337	2637	
153	ひでり	旱	③ 336	2589	安閑紀元年
154	ひも	綏	② 154	3119	
155	ひも	襟	④ 73	2305	＝衿

番号	訓み	漢字	所在	歌番号	備　考
065	くひ	喙	④ 52	1821	啄の異体字
066	くま	隈	① 69	0026	
067	くま	阿	① 77	0079	
068	くま	阿	① 77	0115	
069	くる	昏	② 162	3219	
070	くる	晩	② 162	3219	
071	くる	繆	③ 328	2421	
072	こころやり	意追	③ 328	2414	なぐさめ
073	こころやり	意追	③ 328	2453	なぐさめ
074	こころやり	意遣	③ 328	2845	
075	こふ	眷	① 63	2481	
076	こふ	眷	① 63	2501	
077	こふ	眷	③ 332	2481	
078	こふ	眷	③ 332	2501	
079	こも	茭	③ 333	2538	
080	ころふ	嘖	③ 332	2527	神代紀
081	さきく	無恙	② 160	3205	神代紀下
082	さきく	好住	④ 72	1031	
083	さきく	好去	④ 72	1183	
084	さけぶ	叫	① 83	1740	
085	さけぶ	叫	① 83	1809	
086	さす	闔	② 153	3118	
087	さて	乃而	④ 68	2244	
088	さて	然而	④ 69	2329	
089	さふ	颯	③ 339	0430	
090	さわき	踧	③ 335	1062	
091	さわき	踧	③ 335	1064	
092	さわく	驂	③ 334	2571	
093	さわく	驂	③ 334	1184	
094	さわく	驟	③ 334	0199	
095	さわく	驟	③ 335	0324	
096	さわく	驟	③ 335	1807	
097	さわく	驟驂	③ 335	0478	
098	さわく	颯	③ 339	2768	
099	さわく	踧	④ 64	2047	
100	さわく	動	④ 65	0260	
101	さわく	動	④ 65	1228	
102	しのぐ	凌	④ 51	1815	
103	せ	湍	④ 55	1878	
104	たく	燎	① 87	2651	
105	たしか	慥	② 136	2874	
106	たたみ	牒	② 155	3151	
107	たたみ	畳	② 156	3070	
108	たつ	颱	① 85	0260	
109	たなびく	陳	① 81	0161	
110	たなびく	蒙	① 90	1224	

番号	訓み	漢字	所在	歌番号	備　考
156	ふけ	闌	④65	2076	
157	ふね	舼	①76	0079	
158	へだつ	阻	④66	2080	
159	ほゆ	叫吼	①83	0199	
160	まとふ	遮	②145	2961	
161	まとふ	遮	②145	0638	＝激
162	まとふ	班	②146	2955	
163	みやこ	堵	①71	0032	題詞
164	めぐむ	愍	③333	2560	
165	も	哭	②142	0373	
166	も	哭	②142	1184	
167	も	哭	②142	1603	
168	も	哭	②142	1612	
169	もむ	搓	④58		住吉神代記
170	もゆ	燎	①87	0230	
171	もゆ	燃·然	①86	0160	
172	もゆ	焼	①86	3033	
173	もる	溢	③336	2833	
174	やく	燎	①87	2742	
175	やせる	羸	②143	2928	
176	やせる	羸	②143	2976	
177	ゆるす	縦	③339	2770	
178	ゆゑ	姤	②147	3017	姑の草体の誤り
179	ゆゑ	姤	②147	3093	姑の草体の誤り
180	ゆゑ	姤	②147	2365	姑の草体の誤り
181	ゆゑ	姤	②147	2486	姑の草体の誤り
182	よこし よこす	讒	②133	2871	応神紀九年
183	よる	搓	④58	1987	
184	よる	搓	④58	0763	
185	よわし	痩	②144		垂仁紀25年
186	よわし	痩	②144		孝徳紀大化2年
187	わか	穉	③324	2361	
188	わする	遣	①78	2380	
189	わする	遣	①78	2624	
190	わする	遺	②151	2380	
191	わする	遺	②151	2624	
192	わたる	済	①77	0111	90左注
193	わたる	徑	③331	2450	
194	を	綬	②137	2918	
195	を	緒	②138	1750	
196	を	叫	②141	2927	
197	を	叫	②141	1405	
198	を	叫	②141	2521	
199	を	叫	②141	2631	
200	を	呼	②142	2527	
201	を	呼	②142	3008	
202	を	苧	③338	2687	
203	をさむ	藏	③331	1710	
204	をし	怯	③337	2661	

六朝口語（唐代口語）をどのように調べるか

瀬間正之

1　六朝口語と上代文学

上代文献に、六朝《りくちょう》隋唐の俗語が見られることについては、小島憲之《こじまのりゆき》氏『上代日本文学と中国文学』上・中（塙書房、一九六二年九月・一九六四年三月）をはじめ既にたくさんの指摘があります。神田喜一郎《かんだきいちろう》氏「万葉集は支那人が書いたか続貂」（『同全集』第八巻、一九八七年）は、「其廂」「彼廂此廂」の「廂」の用法を例に、『古事記』を書いた人は、片言交じりにせよ、当時の中国の話し言葉に通じていたのではないかとまで述べています。

さて、『古事記』が漢訳仏典の文体に学んだこと、とりわけ『経律異相《きょうりついそう》』（六朝の梁の武帝の命で編集された）との浅からぬ関係については、拙著『記紀の文字表現と漢訳仏典』（おうふう、一九九四年）など、今まで繰り返し指摘してきました。その中で、漢訳仏典に六朝口語が多く含まれる点についても指摘しましたが、今その理由をまとめておきます。

六朝という時代は、中国文章史上特筆すべき時代であると考えられます。語法的特徴として、第一に挙げられるのが、助辞の多用と複合語の増大です。その要因の一つとして、多くの口語が文章中に介入した点を認めなければならないでしょう。所謂「旧訳《くやく》時代」（東晋・鳩摩羅什《くまらじゅう》以降、南北朝まで）の仏典もこれに属します。とりわけ仏典の場合は、口語の多用が顕著であると言えます。なぜ、仏典に口語が多用されるかといえば、次の三つの理由が挙げられます。

第一に、梵語（サンスクリット語）原典からの制約です。梵文仏典自体も標準的梵文ではなく、「仏教混合梵文」と言うべき梵文と俗語との混合物であったという指摘が朱慶之氏『佛典與中古漢語詞彙研究』（文津出版社、一九九二年七月台北）にあります。翻訳前から俗語的性格の強い文章であったということです。

第二に、宗教宣伝という制約があります。仏典は通俗的宗教宣伝品なので、必然的に大衆的言語が要求されます。社会の各階層の理解需要に答えねばならないために、口語または口語に近い表現でなされたということです。

第三に、訳者の資質という制約があります。漢語に通暁《つうぎょう》しない西域人及び印度人と、梵語原典理解に欠ける中国人との共同製作であったという点です。文語の理解には古典的な知識を必要としますが、その文語にあまり通じていない訳者であったことともに、仏典以外の古典的教養のそれほど深くない人々にも理解してもらうために、翻訳に使用された言葉は、どうしても口語的なものにならざるをえなかったということです。

とりわけ、この第二、第三の理由、訳者の資質と宗教宣伝という制約は仏典に多くの口語が用いられた大きな要因となったことでしょう。

以下三つの語を例にとり、上代文献には六朝口語・唐代口語が用いられていることを見てみましょう。

2 具体例1「所有」

たとえば、「所有」という語を『大漢和辞典』（大修館書店）で引いてみましょう。①には「我物としてもつ」、「占領してゐる」等の用例が載っています。②には、「あらゆる」、「ありとある」、「すべて」とありますが、用例は、漢籍では、『国朝漢学師承記《こくちょうかんがくししょうき》』を挙げています。これは清朝のものなので時代がかなり降《くだ》ります。他に一例、まさに『古事記』の例を挙げています。西宮本（『古事記』修訂版、おうふう）から引けば以下の例です。

「…於葦原中国所有宇都志伎上此四字以音青人草之…。」［上巻36］

『大漢和辞典』を見る限り、最古の例は『古事記』となってしまいます。『漢語大詞典』（漢語大詞典出版社）を見ますと、この意味に当たるのは、（4）の「整個、全部」で、用例は、やはり『水滸伝』まで降ります。「所有」は、『古事記』中一例のみ用いられます。文言では「領有・占有」の義ですが、古事記の例は「全部」の意で口語的用法です。すなわち、葦原中つ国在住のすべての人々の意です。『日本書紀』では、雄略紀・孝徳紀に限定して用いられています。「領有」の義が五例、「全部」の義は一例「盡殺國內所有高麗人」［巻一四479］（算用数字は日本古典文学大系の頁、以下同）のみです。また、『常陸国風土記』にも用いられますが、複雑な用法も含まれるので、拙著『風土記の文字世界』（笠間書院、二〇一一年）を参照していただければ幸いです。

さて、記紀風土記という我が国の上代文献に用いられる「全部」の意味での「所有」は、辞書類によれば『古事記』が最も古い例となってしまいますが、やはり仏典をあたるべきです。玄奘《げんじょう》の『大乗広百論釈論《だいじょうこうひゃくろんしゃくろん》』『大乗大《だいじょうだい》集地蔵十輪経《しゅうじぞうじゅうりんきょう》』、義浄《ぎじょう》の『根本説一切有部毘奈耶雑事《こんぽんせついっさいうぶびなやぞうじ》』『金光明最勝王経《こんこうみょうさいしょうおうきょう》』等、新訳経典にも見えますが、既に『経律異相』にも多く見えています。一例を挙げれば以下の通りです。

巻五21ｃ「所有樹木還生如本不可稱計。」［出涅槃經《ねはんきょう》］（算用数字は大蔵経の頁、ａｂｃは段を示す。以下同）

したがって、文献での使用が旧訳経典時代に遡ることは明らかです。仏典の検索には「ＳＡＴ大正新脩大藏《たいしょうしんしゅうだいぞう》經《きょう》テキストデータベース」が便利です。

『敦煌変文集《とんこうへんぶんしゅう》』にも、「伍子胥《ごししょ》変文」を始め四例見えます。敦煌変文に関する口語を調べるには、以下の本が便利です。

『敦煌変文字義通釈』蔣禮鴻（上海古籍出版社、一九八一年四月）…四角号碼《しかくごうま》索引
『敦煌変文口語索引』入矢義高《いりやよしたか》（私家版、一九八五年一二月）…頭子音順
『敦煌文献語言詞典』蔣禮鴻主編（杭州大学出版社、一九九四年九月）…頭子音順
『敦煌文献字義通釈』曽良（厦門大学出版社、二〇〇一年三月）…頭子音順

訓点資料では『金光明最勝王経』古点（平安時代初期に施された漢字の読み方を示した文字や符号）を初め「所有」は「あらゆる」と訓まれますから、早くから「あらゆる」の訓が定着し、古事記にも用いられたと見るべきでしょう。訓点語を検索するには「基本文献紹介」で取り挙げた『訓点語彙集成』が便利です。

3　具体例2「不問」

続いて「不問」について、見てみます。『古事記』には以下の一例のみ用いられます。

海原之魚、不問大小、悉負御船而渡。［中巻143］

諸注釈書は、ここを「おほきちひさきをとはず」と訓んでいますが、本居宣長《もとおりのりなが》『古事記伝』のみ「おほきなるちひさき」と訓み、「不問」を不読にしています。その理由として「下に悉《ことごと》ともあるを、不問を読みては、あまり語重くなりて宜《よろ》しからず、此二字は読までも、おのづから其意はあるなり」と述べています。

この「不問」について、『大漢和辞典』では、意味項目に「何々の別無しに」を立ててはいますが、用例を挙げていません。『漢語大詞典』では、①「不慰問」（慰問しない）の意として『周礼《しゅらい》』、②「不過問、不詢問」（関与しない）

の意として『史記』を挙げ、③「不管、無論」（～に関わらず）の意として北魏『斉民要術《せいみんようじゅつ》』の「不問春秋」、『敦煌変文集・燕子賦《えんしふ》変文』「不問好悪」の例を挙げています。曲守約『中古漢語語詞例釈』（台湾商務印書館、一九六八年）では、『世説新語《せせつしんご》』の「不問貴賤」を挙げています。したがって、『漢語大詞典』の①②の用法は、文言文に普通に用いられるが、③の用法は、六朝あたりから文字資料に現れ始める口語であると考えられます。

前掲の朱慶之氏の『仏典與中古漢語詞彙研究』では、以前から文言文に用いられる語であるが、『中本起経《ちゅうほんぎきょう》』以来用法が変化した語を「中本起経中的新義」として掲出しています。その一つに「不問」を挙げています。

告敕門士不得通客、一時三月、不問尊卑。［中本起経下巻163ａ］

これは「～に拘《かかわ》らず」の意と解され、古事記の例に共通する用法です。この用法は『経律異相』にも見え、「不問」九例の中、以下四例がこの意味です。

巻二8ａ不問豪賤。選擇名女。［出未曾有経《みぞうきょう》上巻］

巻五20ａ勅守門者。三月之内不問尊卑。外事大小悉不得白。［出中本起経下巻］（前掲の抄出部分）

巻三四186ｂ不問親疎。來者擲著火中。［出愚闇法句経《ぐあんほっくきょう》第二巻］

巻四九259ｂ神明聴察疏記罪福不問尊卑。［出浄土三昧経《じょうどざんまいきょう》］

『世説新語』は、五世紀前半、『斉民要術』は、六世紀前半の成立と考えられるので、『中本起経』（二〇七年）が初出と見られます。

『日本書紀』には「不問」は七例ありますが、巻一七継体紀・巻一九欽明紀の二例は文言の例です。「不問日夜」［巻一一393］、「不問大小」［巻二九479］、「不問公私」二例［巻二九427・481］、「不問男女長幼」［巻二九429］の五例は、いずれも「いはず」と訓まれ、「～に拘らず」の意味です。万葉集では、題詞・左注になく、歌では、すべて「こと（言・事・辞）とはず」と用いられ、文言的用法に限定されています。

以上から、六朝口語「不問」は、古事記・日本書紀β群（本書七頁でふれたα群以外の巻）筆録者に知られていたと言うことができます。訓詁に関して言えば、不読にした宣長も、「不問」の口語的用法を十分に理解していたことがわかります。

4 具体例3「〜得」

「〜得」は、一見、漢文では「得〜」が正しく、和臭表現（漢文にはない日本語特有の表現）のように考えられがちです。『古事記』には以下の例があります。

①見得其人［中巻110］

②不獲御祖、取得御子［中巻120］

牛島徳次《うしじまとくじ》氏『漢語文法論』中古編（大修館書店、一九七一年一〇月）・森野繁夫《もりのしげお》氏「六朝訳経の語法1――補助動詞をともなう複合動詞――」広島大学文学部紀要三三（一九七四年三月）に拠れば、これは可能を表す補助動詞であると考えられます。「見得」「取得」に関しては、森野繁夫氏・藤井守氏『六朝古小説語彙集』広島大学文学部紀要特輯号二（一九七九年一二月）では『捜神記《そうじんき》』を初出語として取り挙げられています。

若取得人女、則為家室。［中華書局本捜神記巻一二308］

また、『経律異相』を調べると、以下の例がありました。

巻二七146c亦未見得過人之法。

巻四四230a如令見得。

巻一九103a取得此皮持作褥者死無造恨。

巻三六192ａ／196ｂ長者發菩薩心將諸貧人取得珍寶十（二例）
巻四六241ａ酒師往取得金銀如數。

多くの註釈書が「みえ」「とりえ」と訓む中で、古典全書のみが「見《うつ》しく其人を得て」と訓んでいますが、当たらないと思われます。『古事記』の例も、この口語用法「～得」と捉えるべきでしょう。『万葉集』には見えませんが、『日本書紀』には、取得［巻九・巻一一］、伐得［巻一九］があります。「見得忠道者［巻一二］」は、「うつつに～えて」と訓まれていますが、六朝口語と見なして、「みえて」と訓むべきでしょう。

5 調べ方

以上のように、上代文献には六朝口語・唐代口語が少なからず用いられています。これらの理解の為にはこれらをどう調べるかが課題となります。六朝口語・唐代口語関係の文献・論文リストは玉石混淆ながら次のサイトにおいておきました。時々更新しています。また、たびたび引用した朱慶之氏の『仏典與中古漢語詞彙研究』は、多くの語彙を取扱ながら索引がありません。これに関する索引も同じ以下の筆者のサイトにおいてあります。

http://www2q.biglobe.ne.jp/bonichi/budda.HTM

また、セミナー当日は、「第2回 上代文学会夏季セミナー（2日目）資料別冊」として拙編「六朝口語早見表（稿）—四角号碼版—」も配布しましたが、分量の関係で、本書には載録できませんでした。いまその凡例と冒頭部分のみ掲載します。いつの日か「（稿）」を取り外したものをお目にかけたいと思っています。

六朝口語早見表　四角号碼版（稿）抜粋

１本稿は、六朝（唐代）口語関係の論文の掲出語を収集し、四角号碼索引を付したものである。但し、入手困難な論文が多々あるため、簡単に意味・出典等も抄出した。

［四角号碼，口語語彙，指摘論文とその頁，出典，備考］の順に配列

２収集論文リスト及び略称

○**森野—自**　森野繁夫「簡文帝の詩にみえる『—自』『—本自』を中心として」
広島大学文学部紀要 32-1（1973 年 1 月）
○**森野訳経**　森野繁夫「六朝訳経の語法１—補助動詞をともなう複合動詞—」
広島大学文学部紀要 33（1974 年 3 月）
○**森野疑問**　森野繁夫「六朝訳経の疑問文」
広島大学文学部紀要 34（1975 年 3 月）
○**森野語彙**　森野繁夫「六朝訳経の語彙」
広島大学文学部紀要 36（1976 年 12 月）
○**森野高僧**　森野繁夫「六朝漢語の研究—『高僧伝』について—」
広島大学文学部紀要 38（1978 年 12 月）
○**森野雑一**　森野繁夫「六朝語辞雑記一」
中国語研究 1987 秋季号（白帝社）
○**森野雑二**　森野繁夫「六朝語辞雑記二」
中国中世文学研究 19（1989 年 8 月）
○**西谷**　西谷登七郎「六朝訳経語法の一端」
広島大学文学部紀要 14（1958 年 9 月）
○**辰夫疑問**　太田辰夫「中古漢語（魏晉南北朝）の特殊な疑問形式」
中国語研究 1987 秋季号（白帝社）
○**斯波**　斯波六郎「為当考」
古典教育 10（1989 年 4 月）
○**松尾紀**　松尾良樹「『日本書紀』と唐代口語」
和漢比較文学３（1987 年 11 月）
○**松尾万**　松尾良樹「『万葉集』詞書と唐代口語」
叙説（奈良女子大）（1986 年 10 月）
○**松尾須**　松尾良樹「訓点資料を読む—仏典の口語表現を中心に—」
叙説（奈良女子大）18（1991 年 12 月）［太子須陀拏経］
○**松尾漢代**　松尾良樹「漢代訳経と口語」
禅文化研究所紀要 15（1988 年 12 月）
○**後藤**　後藤昭雄「律令の中の中国口語」
続日本紀研究 264（1989 年 9 月）

３略号
大正新脩大蔵経 No. 巻 . 頁 . 段 . 行＝ 000.00.000a00
出典欄　**高僧**＝梁高僧伝　**敦捜**＝敦煌本捜神記　**増阿**＝増一阿含経
万＝万葉集詞書　**須**＝太子須陀拏経　**世説**＝世説新語　**祥**＝冥祥記
捜＝捜神記　**古**＝古事記　**敦変**＝敦煌変文集　**～変**＝敦煌変文集～変
続紀＝続日本紀　**～令**＝律～令 No　**験**＝宣験記　**異**＝述異記　**珠**＝法苑珠林
日＝日本書紀　**小**＝六朝古小説
備考欄　**V**＝動詞　**M**＝副詞　**E**＝その他

＝＝＝

00147, 疲極 , 松尾須 30, 須 , ﾂｶﾚﾙ
00215, 廃却 , 森野疑問 229, 増阿 ,
00215, 廃却 , 森野語彙 218, 増阿 ,V
00216, 一竟 , 森野補助動詞 , 増阿・小 , 完了
00216, 竟 , 森野疑問 219, 増阿・小 , 疑問文頭
00216, 竟—, 森野雑二 16, 語林・増阿・他 , 疑問文頭ﾂｲﾆ（結局）
00216, 竟—, 森野高僧 248, 高僧 , 疑問文頭
00227, 市索 , 森野語彙 222, 小 ,V
00227, 商量 , 松尾紀 63,・日 ,ｶｿﾞｴﾙ
00227, 方 , 森野高僧 250, 高僧 ,"ｰｼﾃﾊｼﾞﾒﾃ , ﾔｯﾄ"

国語学の知識と方法をどのように生かすか

――上代文学研究における課題を探る

上野美穂子

1　はじめに

上代文学研究は語学的見地から十分に裏打ちされたものでなければならない――と理屈ではわかっていても着実に実行するのは入門者にとってハードルが高い。本セミナーでは、そのハードルを超えるための知識と方法を学ぶことができたように思う。屋名池誠氏「上代の音声・音韻入門」（本書未収録）および笹原宏之氏「上代の字体入門」の講義はいずれも、ことばと文字を一例ずつ緻密に分析しながら、基礎事項から最新の研究事項までを熱くかつ丁寧に説明する内容であった。また瀬間正之氏によるワークショップ「古辞書・文字検索方法」では、文字研究の工具書の現状とその使用方法について豊富な文献資料に基づく解説が行われた（各氏の講義内容については本書掲載箇所を参照）。

今回、稿者に与えられた題目は「国語学の知識と方法をどのように生かすか」であるが、三氏の講義を通して実感したことは、上代文学研究における国語学は「生かす」ものではなく「研究の土台」であり「研究そのもの」であるということだ。以下、国語学に苦手意識を抱く者の代表としてセミナーの司会を拝命した立場から、三氏の講義を受けて見えてきた上代文学研究（特に『万葉集』）の課題について、今後の研究に繋げていく手がかりを探ることにする。

2 文字選択の可能性と訓詁注釈

近年、多数報告されている「うた」を記した木簡の存在は、七世紀に「うた」を表音表記する方法としての「仮名」（漢字の表音用法）が成立していたことを示している（乾善彦《いぬいよしひこ》氏『日本語書記用文体の成立基盤』塙書房　二〇一七）。八世紀には、「文献の性格によって日本語を書きあらわす様態の相違が明瞭」になっていくことが指摘されている（犬飼隆《いぬかいたかし》氏『木簡による日本語書記史』笠間書院　二〇〇五）。例えば、清濁の区別が無く上代特殊仮名遣いの区別が緩いデイリー使い（「褻《け》」）の書記言語の木簡と、漢字を最大限彫琢《ちょうたく》した非日常（「晴《はれ》」）の書記言語を志向する『万葉集』では位相差がある。そういう意味で『万葉集』は、当時の知識人による「漢字機能への冷静でスリリングな観察記録」でもある。

『万葉集』という文献に焦点を絞ったとき、「詠作者」「筆録者」「編纂者」といった各段階において、どのような文字化が可能であり、その可能性の中からどのように書き記す方法がとられたのかが問題となる。特に訓字主体歌巻（巻一～四・六～十三・十六・十九）の文字選択について、作者の「意図」を反映するものとみるか、『万葉集』における「文字の意匠」（川端善明《かわばたよしあき》氏「万葉仮名の成立と展相」『日本古代文化の探求　文字』社会思想社　一九七五）とみるか、立脚点に相違があるものの、まずは何故その表記があえて選び取られているのかを様々な方向から見定めていく地道な作業が不可欠である。そのためには、八世紀にどのような漢字表記の可能性があったのか、その漢字の出自および変化過程（＝偏旁冠脚《へんぼうかんきゃく》の添加や置換・略体文字・俗字・通用字・誤記など）と併せて知っておく必要がある。

この分野の研究では、辞書『玉篇《ぎょくへん》』（原本系）との関係から万葉集の用字を考証した小島憲之《こじまのりゆき》氏の『万葉集用字考証実例』（『萬葉集研究』第二・三・四・七集に掲載。塙書房）や『上代日本文学と中国文学（中）』（塙書房　一九六四）がまず筆頭に挙げられるが、古典籍のデータベース化の飛躍的な進展に伴い、その再検討・再評価が今後の課題の一つとなる（隋源遠《ずいげんえん》氏「『霏靄《たなびく》』新考」（『上代文学』一一六号　二〇一六　参照）。例えば、『万葉集用字考証実例（四）』に、「きみがつかひをかたまち香花光《がてり》」（⑩一九〇〇）の「花」について、諸注釈がいう衍字《えんじ》ではなく、漢詩の手法に学んで「香」「花」「光」と続く美的連想の可能性があるとの指摘があるが、「霞霏靄」という雨冠を持つ画数の多い漢字三文字を並べることで視覚的美観を喚起する手法と並び、『万葉集』における「意匠」として位置づけ得るか否かなど、後進の若手研究者に託された宿題が豊富に示されている。

古写本の本文と訓や諸注釈の検討をもとに歌の訓と解釈を定めることなくして万葉集研究は始まらないが、漢語の素性を明らかにすることが通説を見直し、訓や解釈を確定する場合がある。この点に関しては山崎福之《やまざきさきゆき》氏による、大伴坂上郎女歌一四四七番の第一句「尋常」に関する考察が参考になる（「『尋常』考――漢語考証の試み――」（『万葉』第二百号　二〇〇八　同氏の「万葉集漢語考証補正（一）～（五）」も参照されたい）。同論文では、当該歌「尋常」は諸本一致して「よのつねに」と訓まれてきたが、漢語「尋常」は漢魏六朝《りくちょう》から初唐の詩賦では「わずかに、少し」の意で用いられており、通説の「普通、いつも」の意に転義して日本漢詩文に定着していったのは平安時代以降であることから、「よのつねに」を否定する。そして新たに「はつかにも」と訓む説を提案している。

また、「仮名主体表記歌巻」（巻五・十四・十五・十七・十八・二十）における歌の仮名書きに関し、「仮名書きによって何かを装う、そのような意図がみとめられる。それが、日常性からは、離れているところに、万葉集「仮名書」歌巻の特徴がある。」（乾善彦　先掲文献　二〇一七）という「装い」の内実を粘り強く見定めていく地道な研究も後進に託された重要なテーマである。

3　音声・音韻・文法からみた『万葉集』研究

漢字を導入した上代日本人は、やがて漢字の音を利用して自分たちのことばをあらわす万葉仮名を生み出すことに成功した。万葉仮名で示される音は、漢字の中国音をアレンジして日本語化したものであり、そこには漢字が日本に導入されたころの中国音が隠されている。一九〇〇年代の森博達《もりひろみち》氏の中国原音からの推定による『日本書紀』研究はその先導的なものである（『古代の音韻と日本書紀の成立』　大修館書店　一九九一・『日本書紀の謎を解く―述作者は誰か―』中公新書　一九九九）。なお、この森氏の推定（『日本書紀』のウタにおける音仮名のα群β群の区別）は、村《むら》田《た》右富《みぎふ》実《み》氏・川《かわ》野《の》秀一《しゅういち》氏によるクラスター分析によってその可能性の高さが裏付けられており（「文字論のこれから―個別論から全体論へ」『万葉をヨム』　笠間書院　二〇一九）、統計学との学際的な研究の進展が期待される。

二〇〇〇年代の万葉仮名の音韻研究で注目されるのが、屋名池誠氏による『万葉集』の防人歌と東歌の筆録者に関する一連の精緻な論考である（「奈良時代東国方言の音韻体系と防人歌の筆録者」『古典語研究の焦点』武蔵野書院　二〇一〇・「上代東国方言の形態変化と東歌の筆録者」『藝文研究』一〇〇号　二〇一一）。同氏は、当時の東国地方の音韻を「1　当時の中央方言における語の音形」と「2　東国方言を表記するのに用いられた万葉仮名の中央方言における読み（万葉仮名に対応する音声・音韻）」とで比較分析し、1と2の食い違う部分（＝ズレ）を要因ごとに類別した。そして、そこに出現した「音韻状況を反映するズレ」（＝「形態音韻現象（特定の文法形態にのみ出現する音的現象）」や「語彙的変異（特定の語のみに出現する音的特徴）」などを除いたときに出現するズレ）の在り方から以下の結論を導いた。即ち、防人歌ではズレがオプショナルに起きており、それは防人歌が中央方言の耳をもった話者が音声レベルで筆録したものであることを示す。東歌ではズレは過少であり、その音形は中央方言とほとんど同じであるが、中央方言とは異なるエ列甲・乙類の書き分け（＝中央方言でエ列乙類であるものが、東歌ではエ列甲類で出現するといった独特の区別）が明瞭に認められる在り方は、東歌が地元出身の話者によって音韻レベルの表記として筆録されたことを示す。

右の音韻・文法面からのアプローチは、東歌が正訓表記から一字一音の表音表記に書き換えられたとする武田祐吉《たけだゆうきち》・澤瀉久孝《おもだかひさたか》そして近年の品田悦一《しなだよしかず》氏（「萬葉集東歌の原表記」『国語と国文学』六二号　一九八五）への再検討を迫るものであり、今後の万葉仮名研究にとってその検証が不可欠となるに違いない。また、防人歌と東歌の右にみるような対蹠《たいせき》的性格が意味することを多角的に考察していくことが必要となるだろう。上代東国方言の歌の収集者の一人として比定される大伴家持の作品に、中央方言との音韻的ズレの見られない「擬防人歌」（⑳四三三一～四三三六・四三六〇～四三六二・四三九八～四四〇〇・四四〇八～四四一二）があることの『万葉集』における意味の追究と併せて興味は尽きない。

このように、屋名池氏に代表される音韻・文法面からの考察は、今後ますます重要になってくるであろうことを示すのが、同氏による人麻呂歌集の表記を文法要素ごとに分析した研究である（「人麻呂歌集の表記機構」『藝文研究』一〇九号　二〇一五）。人麻呂歌集の表記システムは、いかなる文法要素も「文字列だけ与えられていればそれだけで読める」精密な稠密《ちゅうみつ》表記として書くことができるものであったのであり、表記システムをあえて「読めるように書けるのに書かない」ように運用した結果としてあると指摘している。氏はその先に「記憶言語」としての歌集歌を想定しており、略体歌に期待されていたのは書かれたものを台本としてその読みと解釈とを記憶する行為であるとする品田悦一氏の仮説（『古典日本語の世界』東京大学出版会　二〇〇七）や、人麻呂歌集を「儀式・宴席用模範歌句集」とする犬飼隆氏の文字環境をめぐる説（『儀式でうたうやまと歌　木簡に書き琴を奏でる』塙書房　二〇一七）と連動しながら、注目される。

4 さいごに

今回のセミナーでは、海外の若手研究者の意欲的な参加態度に刺激を受けた。古代東アジアにおける漢字の受容と定着の実態の究明を中心に、語学と文学の垣根のみならず、日本と海外の境界を超えた研究が今後活発化していくだろう。現に、万葉仮名に用いられている漢字の音が、中国のどの時代のどの地域のものなのか、現地の出土文字資料から少しずつ解明されつつある。上代仮名遣いの違いが万葉集の歌を支える語の違いを示していることを考えれば、国際的な研究の進展が期待される。そして国内外のデーターベースの充実がそれを加速させていくことは間違いない。ただし電子化データには誤りも含まれており、今回の笹原氏の講義の中で電子化資料のみに頼ることの危険性について指摘があった通りである。と同時に、語学と文学の両方の知見からテキストファイルをくり返し点検し、脆弱性を極力排除したものにしていくことも、これからの研究者の課題といえるだろう。

電子化資料に容易にアクセスできるという恵まれた環境を活かしながら各々の研究テーマを深化させていくことは当然として、これからの社会・世界に開かれた「上代のことばと文字」研究を担っていく立場にある若手研究者には、それをわかりやすく発信していくことも必要となるだろう。と同時に、中等教育において、上代文学作品の教科書表記が漢字ではないことや、上代の音声・音韻に触れる教科書教材が少ないなどといった現状を顧み、若者たちに研究成果を還元していく努力も忘れないようにしたい。

なお、小稿ではあまり触れ得なかった重要なテーマとして、平安時代の「和文体」へと連続していく上代の「文体」（＝ことばの配列順序に代表される文章の体裁《スタイル》）をどのように定位するかということがある。同じ日本語文であっても漢字のみを使用するものと平仮名のみを使用するものとでは差異がある。この自覚に基づき、毛利正守《もうりまさもり》氏は、「漢文体」に対して日本語文を目指して生まれる文体を従来のような「変体漢文」等と捉えるのではなく、また平安時代以降の倒置のない「和文体」とも区別して、それらを「倭文体《やまと》」として位置付ける（「和文体以前の「倭文体」をめぐって」『萬葉』185　二〇〇三・「上代日本の書記の在りよう―東アジア漢字圏を視野に入れて」『萬葉集研究』34集　塙書房　二〇一三・「「変体漢文」の研究史と「倭文体《やまと》」」『日本語の研究』10巻1号　二〇一四他参照」）。ことばと文体と表記体との相関から、日本語の書記用文体の流れを見通す乾善彦氏の研究（先掲文献　二〇一七）と併せて、「表記体」の追究のみならず、「文体」との関わりを見届ける視点を持つことが一層求められるだろう。

さいごに、小稿では「万葉仮名」というタームを当然のように用いてきたが、そもそも「仮名」とは何かという根本を問う試みが国語学の研究者の間で行われている（『万葉仮名と平仮名　その連続・不連続』内田《うちだ》賢徳《まさのり》・乾善彦　三省堂　二〇一九）。乾氏は「実は、まだ「仮名」については何もわかってはいなかった。それがわかったのが、本書の最も大きな成果」と記すが（先掲文献　二〇一九）、この学問への謙虚さこそ、文学研究を志す者が最も学ぶべきことではないかと自戒を込めて思う。

課題は山積しているが、若手研究者にとっての研究の原点は、先人が積み重ねてきた訓詁注釈の蓄積に立ち返りそれを検証することにある。「国語学」の知識と方法はその原点に立つために不可欠なものであり、現代人が考えている以上に漢字表記を自由に謳歌していた上代知識人による「漢字表記アドベンチャーワールド」への入場券のようなものでもあるだろう。本書を契機に、瑞々しくやわらかな発想でその世界《ワールド》を存分に楽しもうとする若者が増えていくことを期待したい。

II　研究状況とこれからの課題

『続日本紀』宣命の語彙をめぐる諸問題

根来麻子

中国の詔勅類と宣命との関係

『続日本紀』に所収される六十二詔の宣命（以下、「続紀宣命」とする）は、上代のことばや表記の一端を知る上で重要な資料である。宣命は、基本的には日本語の語順で記された倭文体（毛利《もうり》正守《まさもり》「古代日本語の表記・文体」『古代の文字文化』竹林舎、二〇一七年）のみことのりであるが、中国の詔勅類（以下、「詔勅類」とする）の内容や構成を下敷きにして作成されたものである（粂川定一《くめかわさだいち》「続日本紀宣命」『上代日本文学講座』第四巻・春陽堂・一九三三年、松本雅明《まつもとまさあき》「宣命の起源」『日本古代史論叢』吉川弘文館・一九六〇年）。そのため、随所に詔勅類との相似点を見いだすことができる（小谷博泰《こたにひろやす》『木簡と宣命の国語学的研究』和泉書院、一九八六）。最も極端な例としては、即位宣命の末尾に置かれる大赦記事が挙げられる。

大赦天下、自和銅元年正月十一日昧爽以前大辟罪已下、罪无軽重、已発覚未発覚、繋囚見徒、咸赦除之。（四詔）

可大赦天下、自武徳九年八月九日昧爽以前、罪無重軽、已発覚未発覚、繋囚見徒、悉従原免。（『唐大詔令集』「太宗即位赦」）

（大意）

天下の罪人に恩赦せよ。和銅元年正月十一日の早朝以前の死刑罪以下の罪については、罪の軽重に関係なく、すでに発覚しているものもそうでないものも、囚人たちを皆赦免せよ。（四詔）

天下の罪人に恩赦せよ。武徳九年八月九日の早朝以前の罪については、罪の軽重に関係なく、すでに発覚しているものもそうでないものも、囚人たちを皆赦免せよ。（『唐大詔令集』「太宗即位赦」）

太宗即位赦文と比較してみると、四詔の文は、日本語の語順に沿って書くことを基本とする宣命の中にありながら漢文体で書かれ、即位赦の文言とほぼ一致することが分かる。大赦における定型句が、詔勅類から借用されていることが明らかである。

ただ、宣命のすべての箇所が、詔勅類からの文言の借用によって成り立っているわけではもちろんない。大赦記事の例はむしろ特殊で、大半は、語句や表現の一致をみない。宣命の語彙や表記の特徴を考える上で念頭に置くべきことは、内容的に詔勅類に依拠したことが明白な箇所であっても、決して、その文章をそのまま借用・ないしは訓読して述作されたわけではない、ということである。

たとえば、即位宣命などにおいて、天皇が自らをへりくだる常套表現である「拙久劣而無所知」(五詔)「拙久多豆何奈伎朕時尓」(十三詔)「朕以劣弱身」(四十九詔)「朕雖拙弱」(二十四詔)は、詔勅類にみえる「朕以寡薄」(『全斉文』巻五)「以微眇之身」(『全漢文』巻二)などの文言に基づいたものであるが、「寡薄」「微眇之身」などの漢語がそのまま使われるわけではない。「寡薄」(徳が薄い)「微眇之身」(つまらない我が身)という意味内容に相当する別の語――「拙久劣」「拙久多豆何奈伎」「劣弱」「拙弱」など――によって、言い換えがなされているといえる(挙例は小谷氏前掲書による)。小谷氏が、「少なからぬ意訳的傾向が見られる」「宣命の作者が、漢文から一歩離れて、その内容を消化した上で、それを国文として作り変えるだけの力を持っていたことを示そう」と指摘するように、宣命は、詔勅類の内容をいったん咀嚼《そしゃく》した上で、新たに日本語文として再構築したものと位置づけられるのである。

このことは、次のような例と比較すればより明確になる。

又云久、「過乎知天方必改与、能乎得天方莫忘」止伊布。(四十五詔)

知レ過必改、得レ能莫レ忘。(『千字文《せんじもん》』)

(大意) 過ちを犯したことを知ったなら必ず改めよ。能力を得たら忘れないようにせよ。

称徳天皇が臣下に下した宣命の一部で、臣下のあるべき心構えを諭《さと》す際に、「又云久」として『千字文』の一節が引用されている。両者を比較すると、四十五詔の引用部分は、原文の語句に忠実に、しかし語順を変え助詞を加えて、日本語文として読めるよう「訓読」されていることが分かる。この他にも、格言の引用箇所では逐字的な訓読に近い文が書かれ、そうでない地の文では、元にした詔勅類の語や表現そのものにとらわれることなく作文が行われているといえる。

では、宣命述作にはどのようなことばが用いられたのか。

語彙の位相と述作者の用語選択

宣命の語彙には、かなりの位相差がある。和歌や祝詞の語彙との近さをもつ部分がある一方で、漢籍や仏典の語彙とも深い関連があることは、本居宣長以降、しばしば指摘されるところである。

藤井《ふじい》俊博《としひろ》氏は、宣命に用いられる複合動詞の中に、詔勅語や仏典語を中心とする漢語の連文を元にして生み出されたものが多数あることを指摘する。そして、それらは宣命の内容に即して幅広く取り入れられたものとし、述作者の用語選択の「自在」さに言及している（「続紀宣命の複合動詞――漢語との関係を中心として――」『國文學論叢』第三十四号、一九八九年三月）。

また、用字法の面からではあるが、律令語彙との近さも指摘されている（沖森卓也《おきもりたくや》『日本古代の表記と文体』第四章、吉川弘文館、二〇〇〇年）。加えて、公式令詔書式の規定と、実際の宣命の語彙・表記とが連動することも、注意してよいであろう（拙稿「『続日本紀』宣命における「現（御）神」と「明神」――両者の使い分けをめぐって――」『文学史研究』四十七号・二〇〇七年、「宣命冒頭書式における「オホヤシマクニ」の意義」『古事記年報』五十一号・二〇〇九年）。

さらに、宣命の文章には漢文訓読の影響のあることが、夙《つと》に指摘されている（春日政治《かすがまさじ》「和漢の混淆」『古訓點の研究』風間書房・一九五六年、築島裕《つきしまひろし》『平安時代の漢文訓読につきての研究』第一章第三節「漢文訓讀語の性格」東京大学出版会・一九六三年、藤井俊博「続日本紀宣命の表記と漢文訓読」『訓点語と訓点資料』第七十五輯・一九八五年、山口《やまぐち》佳紀《よしのり》『古代日本文体史論考』第一章第五節「続日本紀・宣命の文体と漢文訓読」有精堂出版・一九九三年、小谷前掲書）。殊《こと》に語彙面では、「コヲモチテ」「～ムガタメニ」「～ガユヱニ」「～ニオキテ」などの接続表現や、「イタリテ」（二十八詔「至天浄之」）「オホキニ」（四十二詔「大仁貴久」）「キハメテ（キハマリテ）」（四十一詔「極難之」）などの副詞が、漢文訓読の影響によって生じた、従来の日本語の中にはない語法・語彙であることが明らかにされている。

このように、宣命の語彙は、和歌や祝詞等の韻文的なことばはもちろん、詔勅や仏典・律令などのことばに基づいたものや、漢文訓読から生まれたことばなどを含み、さまざまな位相に亙《わた》っていることが知られる。その背景には、藤井氏の指摘するような用語選択の幅広さや自在さ、また、沖森氏が「起草者は自身に慣れた文体や語法、語彙を駆使したのであろう。（中略）漢文・仏典を中心とした訓読にかなり熟達している者が、その任に当たったと思われるのである」（前掲書）と指摘するような、述作者自身の語彙力や文章力が少なからず関係していると考えられる。

よって、宣命の語彙を考える上では、宣命述作者の語彙力や文章力がどのようなものであったのかを考慮する必要がある。そのため、述作者がふだん、どのようなことばや文章に触れ、どのような文章を書いていたのかといった言語環境にも、より注意を払うべきではないかと考える。

日常的な文書類の語彙との共通点

このような視座に立つとき、漢籍や仏典以外に、日本国内で使用されることば、特に日常的に文書等で使用されることばとの関係が注視される。宣命の起草を担当したのは、中務省内記で六～八位相当の官人である（職員令）。宣命の語彙には、彼らが日常的な業務の上で接していた（あるいは用いていた）であろうことばとの一致が、少なからず認められる。いくつか例を挙げる。

まず、「緩怠」（一詔、三十二詔）「怠緩」（十三詔、五十一詔）である。

…明支浄支直支誠之心以而、御称々而、**緩怠**事無久務結而仕奉止詔大命乎諸聞食止詔。（一詔）

…明浄心以弖仕奉利皇朕御世当弖毛無**怠緩**事久助仕奉利…（十三詔）

（大意）

…誠実な心で「御称々而」（文意不明）、たゆまず気を引き締めて奉仕せよとおっしゃる天皇のお言葉を、皆々よく聞けとおっしゃる。（第一詔）

…誠実な心で奉仕し、私の治世においてもたゆまず助け奉仕し…（十三詔）

両者とも「おこたる」意を表し、否定辞を伴って、臣下らの奉仕の様を表す際に用いられる。「緩怠」「怠緩」は漢籍にも皆無ではないが、用例数は極めて少なく、特に宣命の用例の典拠であると認定できるような類似性も見られない。それよりもむしろ、正倉院文書や木簡、続日本紀所収の漢文詔勅、万葉集左注など、日本国内の様々な文章において散見される用例との近さを認めるべきであろう。つまり、「職務をおこたる」という意味内容を表現する際に、当時の官人らの脳裏に想起されやすいなじんだ語であったと考えられるのである（拙稿「宣命の語彙の一特徴――「緩怠」（「怠緩」）「公民」を例として」『萬葉』二二三号、二〇一七年三月）。

似た言葉に「闕怠」がある。

又、鎮守副将軍従五位下池田朝臣真枚、外従五位下安倍猿嶋臣墨縄等、愚頑畏拙之弖進退失度、軍期乎毛**闕怠**利。（六十二詔）

（大意）

また、陸奥鎮守副将軍である池田真枚《いけだのまひら》と安倍墨縄《あべのすみなわ》らは、おろかで不慣れであったために、進軍に失敗し、戦いの時機を逸した。

正倉院文書や漢文詔勅に例がみえ、平安時代に入ると『延喜式』や古文書・古記録類に頻出するが、漢籍における用例は、現段階では未検出である。養老考課令の規定では、官人らの勤務評価のひとつである「最」についての記述として「公勤不レ怠、職掌無レ闕、為二諸官之最一」とあるように、公務に勤《いそ》しむと同時に、仕事内容に「闕」がないことも、優秀な官人の条件であった。そうすると、「闕怠」もまた、官人等の職務怠慢と過失をいう語として作られたものといえるのかもしれない。宣命における「闕怠利」もまた、日常的な業務の場で使用されることばとの近さを示す一例といえる。

さらに、「今乃間」（三十一、三十三詔）、「暫乃間」（五十一詔）「暫久乃間」（五十八詔）という表現も注目される。「今乃間」は、「イマノマ（あるいはアヒダ）」、「暫乃間」「暫久乃間」は五十八詔の小書「久乃」から、「シマラクノマ（あるいはアヒダ）」という日本語を記したものであると考えられる。正倉院文書には「今之間」（『大日古』十六ノ三七三、続々修四十三ノ二十二）、「暫之間」（『大日古』十五ノ一〇一、続々修三ノ四裏、他）の使用例があり、平城京出土木簡にも「今之間」がみえる（なお、正倉院文書・木簡には、助詞「ノ」の表記のない「今間」「暫間」が散見される。宣命にも一例「暫間」（五十九詔）がある。これらがどのような日本語を書記したものかは検討を要するが、「今」「暫」に「間」字が付される例として参看しうることを付言しておく）。

他の文献では、「今間」が『続日本紀』の奏上文に一例、「暫間」が『日本霊異記』に三例、『伊予国風土記』逸文に一例、『令集解』所引穴記に一例みえるが、『日本書紀』『古事記』「風土記」『万葉集』には、「今之（乃）間」「暫之（乃）間」や「今間」「暫間」という表現は見いだされない。また、漢語の用例も未検出である。こういったところにも、宣命の語彙と、日常的な業務の場で用いられることばとの近さが垣間見える。

今後の展望

続紀宣命の体系立った注釈には、本居宣長『続紀歴朝詔《しょっきれきちょうしょう》詞解《しかい》』を嚆矢《こうし》として、御巫清勇《みかなぎきよたけ》『宣命詳解』（右文書院、一九三六年）、金子武雄《かねこたけお》『続日本紀宣命講』（白帝社、一九四一年）などがある。語彙や表記、出典などについても多くの個別論が出されているが、未だ訓が定まらない文字列、解釈が定まらない箇所が数多くある。今後、まずは個々のことばや表記について、さらなる注釈作業が必要である。その際、今まで明らかにされてきたような漢籍・仏典の語彙との関係のみならず、前節で見たような、日常的な業務の場で使用されることばとの関係をさらに追究する必要があるのではないか。もちろん、宣命は天皇の命令を伝達する文章であるため、それ相応の文飾や荘重な表現が施されており、実用文書の文章とは一線を画するものではある。しかし、中務省内記が宣命を述作する際、詔勅類の内容をふまえつつ、新たな日本語文として一から起草しようとするとき、どのようなことばが彼らの脳裏に想起され選択されたのかを考える上で、看過できない問題であると考える。

さらに、宣命が口頭伝達の形式で宣布されたことを考え合わせるならば、口頭語や和歌表現との関連も依然として追究すべき課題である。宣命の語彙を考えるための切り口は、未だなお豊富に用意されているといえよう。

被覆形・露出形の様相

蜂矢真弓

被覆形・露出形の先行研究

有坂秀世《ありさかひでよ》（一九三一）「国語にあらはれる一種の母音交替について」・（一九三四）「母音交替の法則について」（『国語音韻史の研究　増補新版』三省堂、一九五七）によると、上代における名詞・動詞には、「被覆形《ひふくけい》」・「露出形《ろしゅつけい》」という「一種の母音交替」が存在する。

有坂（一九三一）では、上代において、

(a)エ列イ列に終る形はそれが単語の末尾に立つ場合にも用ゐられ得るもの

(b)ア列ウ列オ列に終る形は、そのあとに何か他の要素がついて一語を作る場合にのみ用ゐられるもの

として、(a)を「露出形」、(b)を「被覆形」と名付けている。

この「被覆形」・「露出形」は、有坂（一九三一・一九三四）によって研究が成され、それを承けた川端善明《かわばたよしあき》（一九七九）『活用の研究　Ⅱ』（清文堂、一九九七）は、被覆形―露出形を「非独立形」―「独立形」の「活用」と捉えた。

名詞の被覆形・露出形

名詞の被覆形・露出形について例を挙げて説明すると、サ**カ**ヅキ〔酒坏〕（『萬葉集』八四〇）のサ**カ**〔酒〕のように、下に何かを伴った時にのみ存在出来る形態を被覆形、サ**ケ**カス〔酒粕〕（『文明本節用集《ぶんめいぼんせつようしゅう》』）のサ**ケ**〔酒〕のように下に何かを伴うことも出来るが、ウマサ**ケ**〔味酒〕（『日本書紀』一六）のように上に何かを伴うことも、サ**ケ**〔酒〕（『萬葉集』八五二）として単独で存在することも出来る形態を露出形と呼ぶということである。

そして、被覆形―露出形の組み合わせには、末尾の音節が、

[1]サ**カ**―サ**ケ**〔酒〕のような**ア**列―**エ**列の組み合わせのもの、

[2]ツ**ク**―ツ**キ**〔口〕のような**ウ**列―**イ**列の組み合わせのもの、

[3]**コ**―**キ**〔木〕のような**オ**列―**イ**列の組み合わせのものがある。尚、右傍線は上代特殊仮名遣の甲類、左傍線は乙類であることを指し示す。

上代～中世において、サ**カ**ヅキ〔酒坏〕のような「被覆形

＋名詞」の例と、サケカス（酒粕）のような「露出形＋名詞」の例について調査・検討したところ、時代が下るにつれて被覆形の勢力は弱くなり、露出形の勢力は強くなる。また、ツクヨ（『萬葉集』四四八九）→ツキヨ（月夜）（『蜻蛉日記』上）のように、「被覆形＋名詞」→「露出形＋名詞」へと変化して行く例もある。

ただし、全体として、1（ア列―エ列）は露出形よりも被覆形の方が勢力が強いのに対し、2（ウ列―イ列）・3（オ列―イ列）は被覆形よりも露出形の方が勢力が強いことが分かった。

これは、ウ列・オ列の被覆形よりもア列の被覆形の方が種類が多いこと、上代の名詞の語末拍の分布が、ア列はエ列よりも多いが、ウ列はイ列よりも少なく、オ列もイ列より少ないこと（阪倉篤義《さかくらあつよし》（一九六六）『語構成の研究』角川書店、「萬葉集の名詞の語末拍による分類表」）、そして、上代特殊仮名遣の崩壊が理由と考えられる。

尚、上代特殊仮名遣とは、上代において、キヒミケへメコソトノモヨロ、及び、その濁音には、甲類・乙類と呼ばれる二種類の音韻が存在していたと考えられるもののことである。元々は仮名遣の区別であると考えられて来たが、橋本進吉《はしもとしんきち》（一九四二）「古代國語の音韻に就いて」（『國語音韻の研究』岩波書店、一九五〇）以降、音韻の問題であると考えられるようになって来たので、仮名遣という用語は必ずしも適切ではないが、上代特殊仮名遣という呼称が定着している。甲類・乙類の音韻の差違については諸説がある。

名詞・動詞・形容詞の被覆形

語彙・文法・音韻の三つの境界領域に位置しているため、上代語を研究するためには、被覆形・露出形について研究する必要がある。ここでは、名詞・動詞・形容詞の被覆形が、以下の三つの複合・派生用法を取る場合について調査・検討した（末尾の付録参照）。

(1)下に名詞を伴って（複合）名詞を作る場合
(2)下に接尾辞シを伴って（派生）形容詞を作る場合
(3)下に接尾辞ス・ルなどを伴って（派生）動詞を作る場合

これらを、被覆形の(1)名詞複合用法、(2)形容詞派生用法、(3)動詞派生用法、と呼ぶことにする（(1)・(2)・(3)が、末尾の付録の、それぞれ、①・④・⑦、②・⑤・⑧、③・⑥・⑨に当たる）。

形容詞の被覆形・露出形

ここで、名詞・形容詞・動詞という三つの品詞が存在し、複合名詞・派生形容詞・派生動詞の三つが存在して、被覆形の、名詞複合用法・形容詞派生用法・動詞派生用法の三用法について考察するのであれば、名詞被覆形・動詞被覆形と同様に、形容詞被覆形というものが存在するのではないかと想定する。

形容詞とは、全て接尾辞シを伴ったものであるので、形容詞から接尾辞シを除いた部分に当たる語基（ク活用形容詞の場合は、形態の上で語基＝語幹である）が形容詞被覆形に当たることになる。ク活用形容詞・シク活用形容詞、それぞれの場合を例に挙げると、左記のようになる。

ク活用　形容詞被覆形ヤス〔安〕＋接尾辞シ
→派生形容詞ヤスシ〔安・易〕（『古事記』）

シク活用　形容詞被覆形サカ〔賢〕＋接尾辞シ
→派生形容詞サカシ〔賢〕（『古事記』）

川端（一九七九）において、「名詞の活用」の〔C〕として挙げられたものは、名詞被覆形ア（『萬葉集』）―露出形アシ〔足・脚〕（『古事記』）等のように、被覆形が「独立化の語尾」である《i》を伴う際に、母音連続を避けるために子音（この場合はs）を挿入したものである。これと同様に考えると、形容詞被覆形が《i》を伴う際に、子音sを挿入して出来た派生形容詞が、形容詞露出形であるという位置付けになる。

名詞被覆形ア〔足・脚〕＋s＋i
→名詞露出形アシ〔足・脚〕

形容詞被覆形ヤス〔安〕＋s＋i
接尾辞シ
→形容詞露出形ヤスシ〔安・易〕

形容詞被覆形サカ〔賢〕＋s＋i
接尾辞シ
→形容詞露出形サカシ〔賢〕

有坂（一九三一）は、派生形容詞を作る動詞被覆形もあると述べた。次に、川端（一九七九）は、名詞被覆形と動詞被覆形とを合わせて「形状言《けいじょうげん》」と呼び、前者を「前名詞的形状言」と、後者を「前動詞的形状言」、或いは、「前動詞的・前形容詞的形状言」と呼んだ。それを承けて、蜂矢（二〇一三）「被覆形による複合・派生の再考察――形容詞被覆形の想定――」（『萬葉』二一四号）は、形容詞被覆形を想定し、基本的に、名詞被覆形が複合名詞、動詞被覆形が派生動詞を作るのと同様に、形容詞被覆形が派生形容詞を作るということを述べた。

被覆形の様相

その上で、被覆形の様相について見てみると、一つの被覆形が、名詞複合用法・形容詞派生用法・動詞派生用法の三つの用法を行う例や、名詞複合用法・形容詞派生用法・動詞派生用法のうちの二つの用法を行う例が存在することが分かった。これが、川端（一九七九）の「形状言」に当たる。

それに対し、一つの被覆形が、名詞複合用法・形容詞派生用法・動詞派生用法のうちの一つの用法しか行わない例は、二つ以上の用法を行う例よりもかなり多く存在する。

　つまり、元々は、各品詞の被覆形間の境界線が明確ではない状態のまま、名詞複合用法・形容詞派生用法・動詞派生用法の三用法が成されていた。しかし、被覆形が、名詞被覆形・形容詞被覆形・動詞被覆形の三つに分かれて行き、名詞被覆形からは、基本的用法である①名詞複合用法が、形容詞被覆形からは、基本的用法である⑤形容詞派生用法と、④名詞複合用法との二用法が、動詞被覆形からは、基本的用法である⑨動詞派生用法と、⑦名詞複合用法との二用法が成されるようになるという方向性があったのではないかと考えられる（図）。尚、本文中、及び、図中の①～⑨の番号は、末尾の付録の番号に対応している。

　一方、名詞複合用法は、それを基本的用法とする名詞被覆形（①）だけではなく、形容詞被覆形・動詞被覆形の両者も行う（④・⑦）のに対し、形容詞派生用法は、それを基本的用法とする形容詞被覆形のみを基本的に行い（⑤）、動詞派生用法は、それを基本的用法とする動詞被覆形のみを基本的に行っている（⑨）。故に、その点で、名詞複合用法と、形容詞派生用法・動詞派生用法とは異なる用法であるということになる。

　これは、下接するものが、名詞か接尾辞かという違いや、名詞と接尾辞の数の違いのためであると考えられる。

　さらに、複合名詞を作る際には、一つの被覆形が数多くの異なった名詞を下接することが多々あるが、派生形容詞を作る際には、一つの接尾辞しか下接せず、派生動詞を作る際には、基本的には一つの接尾辞しか下接しないという、複合名詞と、派生形容詞・派生動詞の性質の違いのためであると考えられる。

　その結果、容易であるところの名詞複合用法は、名詞被覆形（①）のみならず、形容詞被覆形・動詞被覆形の両者も行っていた（④・⑦）のに対し、複合名詞ほど容易ではないところの形容詞派生用法・動詞派生用法は、基本的には、それぞれ形容詞被覆形・動詞被覆形のみが行っていた（⑤・⑨）ものと考えられる。

　被覆形・露出形は、語構成を研究する上でも、活用を研究する上でも貴重な分野であるため、今後、さらなる研究が望まれるところである。

図

付録　品詞別被覆形・露出形の例

名詞被覆形

①名詞被覆形**サカ**〔酒〕＋名詞ツキ〔坏〕
→**サカ**ヅキ〔酒坏〕（名詞複合用法）

②名詞被覆形**アヲ**〔青〕＋接尾辞シ
→**アヲ**シ〔青〕（形容詞派生用法）

③名詞被覆形**カム**〔神〕＋接尾辞サブ
→**カム**サブ〔神成〕（動詞派生用法）

形容詞被覆形

④形容詞被覆形**イタ**〔痛〕＋名詞テ〔手〕
→**イタ**テ〔痛手〕（名詞複合用法）

⑤形容詞被覆形**ヤス**〔安〕＋接尾辞シ
→**ヤス**シ〔安〕（形容詞派生用法）

⑥形容詞被覆形**ナヤマ**〔悩〕＋接尾辞ス
→**ナヤマ**ス〔悩〕（動詞派生用法）

動詞被覆形

⑦動詞被覆形**ヨコ**〔避〕（ヨクの活用した形）
＋名詞ヤマ〔山〕→**ヨコ**ヤマ〔横山〕（名詞複合用法）

⑧動詞被覆形**ナツカ**〔馴・懐〕（ナツクの活用した形）
＋接尾辞シ→**ナツカ**〔懐〕（形容詞派生用法）

⑨動詞被覆形**ワカ**〔沸〕（ワクの活用した形）
＋接尾辞ス→**ワカ**ス〔沸〕（動詞派生用法）

※動詞被覆形とは、「ワク〔沸〕＋接尾辞ス→**ワカ**ス」の**ワカ**のように、下に接尾辞を伴った時に存在する形を指す。

※形容詞被覆形とは、下に接尾辞シを伴った時に存在する形を指す。形容詞**イタ**シ〔痛〕の**イタ**のように、結果的に、形容詞のシを取り除いた部分となる。

名詞露出形

サケ〔酒〕・**アヰ**〔藍〕・**カミ**〔神〕

形容詞露出形

イタシ〔痛〕・**ヤスシ**〔安〕・**ナヤマシ**〔悩〕

動詞露出形

ヨキ〔避〕・**ナツキ**〔馴・懐〕・**ワキ**〔沸〕

※形容詞露出形とは、結果的に、終止形と同形である。

※動詞露出形とは、結果的に、連用形と同形である。

表現から見る『日本書紀』の成立

葛西太一

『日本書紀』の性格

高等学校で使用される副教材に目を向けると、『日本書紀』が単に「正格漢文」や「純粋な漢文体」によって書かれているると説明される場合が多い。普段から『日本書紀』に触れている人でもない限り、同様に理解している人は多いだろう。確かに、『日本書紀』が漢語漢文による表現を目指して成されたことは疑いようがなく、あるいは『古事記』を「変体の漢文体」と説明するならば、記紀を簡潔な対比関係のもとに提示することもできる。しかし、具体的に何を基準として「純粋」や「変」や「漢文体」と定義するのか明確でないうえ、とりわけ『日本書紀』は同じ文体で一括りに書かれているわけでもなく、「和習」や「変体漢文」といった漢語漢文の日本訛《なま》りが含まれると指摘されてからも久しい。わかりやすく記紀の関係を捉えることも重要だろうが、実態から離れた『日本書紀』に対する理解は改めるべきだろう。

同一の書名のもとに『日本書紀』として編纂されながら、音韻・仮名・語彙・語法・文体・注記・内容・暦日などは同一の方針のもとに成されたとは考え難い矛盾を抱えていることが従来の日本書紀研究では指摘されてきた。いわゆる「日本書紀区分論」が試みていることは、これらの矛盾や齟齬を整理し、『日本書紀』の各記事を読み解く前提となる枠組みを構築することにあるとも言える。たとえ記事それぞれに矛盾や齟齬があったとしても、区分ごとに系統立てて考えることにより、表現を読み解く端緒を得ることができる。そうでなくとも、その記事が述作された時代の差、述作した人物の文筆能力や立場、同一の記事に対する複数人による加筆修正など、重層的な成立の背景を明らかにしなければ、実際に『日本書紀』が何を表現しているのか理解することは難しい。特に他の文献に比べて扱いに注意を要する点であろう。

その表現は漢語漢文か

ここでは、壬申の乱を描いた巻二十八（天武紀上）の表現を例として、その複雑な成立過程の一端に触れてみたい。

『日本書紀』の各記事に見える表現とその内容との間には、しばしば看過することのできない乖離《かいり》が見受けられる。本来ならば、表現されている目の前の文字に即して意味内容を理解しなければならないところだが、それに反して、已《や》む無く前後の文脈を斟酌《しんしゃく》して解釈せざるを得ない場合もある。

巻二十八（天武紀上）元年六月条には「若不意之外、有二倉卒之事一、頓社稷傾之。」（若《も》し不意之外《おもひのほか》に、倉卒之事《にはかなること》有らば、頓《ひたぶる》に社稷《くに》傾《かたぶ》きなむ。）という一節がある。大友皇子の命により派遣された佐伯連男《さへきのむらじをとこ》が筑紫大宰栗隈王《つくしのおほみこともちくるくまのおほきみ》に対し、帰順して援軍を送るよう促した場面である。引用部は栗隈王が（軍を動かしてしまっては）「思いがけない危急の事態（海外からの侵略など）が起きた場合、すぐに国家は傾くでしょう。」と対外防衛を口実に軍隊の派遣を断った一節である。このうち、「不意之外」四字は「おもひのほか」と訓《よ》まれてきた。ここでは新編日本古典文学全集の示す訓読に従ったが、北野本・兼右本・寛文九年版本も当該文字に異同はなく、付訓も大同小異である。仮に「不意」や「意外」であればその通り訓読されるだろうが、文字に即して「不意之外」を理解しようとすれば、「おもひのほかならず＝予想した通り」ほどの意に捉えるほかない。これでは文意が前後とつながらないため、ひとまず文字に即した訓みからは離れなければならなくなる。ここでの「不意之外」は漢語漢文に習熟していない人物による誤りと考えるべきだろう。

その一方、天武紀には漢語漢文の知識に習熟していなければ成し得ない表現も見られる。文字に即して理解するのみならず、解釈に訓詁の知識をも必要とする例である。

同じく巻二十八（天武紀上）元年六月条には「何無二一人兵一、徒手入レ東。」（何ぞ一人の兵《いくさ》も無《な》くして、徒手《たむなで》にして東に入りたまはむ。）と見える。ある臣下が大海人皇子の前途に不安を覚え「一人の兵士も従えず、手に何も持たずにどうして東にお入りになれましょう。」と述べる場面である。ここで用いられる「徒手」は類例の乏しい語句であり、上代文献では他に『古事記』中巻（景行記）に「茲山神者、徒手直取。」（茲《こ》の山の神は、徒手《むなで》に直《ただ》に取りてむ。）と一例のみ確認される。そのほか、『日本書紀』巻七（景行紀）四十年是歳条に「徒行之。」（徒《むなで》に行《い》でます。）と熟さない例も見えるが、『古事記』の前掲例と対照させない限り、これを「むなで」と訓むだけの根拠はない。あるいは、これも文脈上の整合性を図れば「むなで」と訓むべきことは首肯されるところではあるが、純粋に漢語として「徒」一字を見た場合、これを「むなで（手に何も持たない状態）」の意に捉えることはできない。

漢籍のうち主な経典や史書にも「徒手」は見出せず、『文選』巻第四十一（書上）李少卿「答二蘇武一書」に「兵尽矢窮、人無㆓尺鉄㆒。猶復徒首奮呼。【徒、空也。言、空首奮撃、無㆓復甲冑㆒。】」（兵尽き矢窮《きは》まりて、人に尺鉄《しゃくてつ》も無し。猶《なほ》復た徒首にして奮《ふる》ひ呼ばふ。【徒は空なり。言ふこころは、空首にして奮撃し、復た甲冑無し。】）とあるものを指摘し得るのみであり、もしくは隋代成立の類書『北堂書鈔《ほくどうしょしょう》』所引の同文は「徒手」に作る。いずれも「首・手に何も持たない」という意味を表現している。これに学んで天武紀の「徒手」が成されたとは言えないが、単に『篆隷万象名義《てんれいばんしょうめいぎ》』や『広韻《こういん》』など字書類に見える「徒、空也。」との記述から「徒手」という熟語を自ら案出したとも考え難いだろう。いずれにしても、典籍の一節を丸ごと引き写したわけでもないなかで、「徒手」という表現を成し得るには相応の漢語漢文に関する教養がなければならない。

これら「不意之外」と「徒手」を同一人物が成した表現と考えるには、あまりに文筆能力の差が大きい。「徒手」を成し得るほどの人物であれば、「不意之外」という不可解な表現は用いないだろう。また、その逆も同じである。文筆能力や漢籍の教養に大きな差のある複数の人物の手に成る表現が混在していることは間違いなく、畢竟《ひっきょう》、『日本書紀』が複雑な成立過程を経ていることを示しているとも言える。

その表現は文言文か

文飾に利用された典籍のほとんどが経典や史書であるように、『日本書紀』が公文書であることを意識して成された史書であることは言うまでもないだろう。したがって、そこで用いられる表現も、経典や史書に即した文言文《ぶんげんぶん》（文語体）を基調とすることが望ましいと考えられる。しかし、実際には文言文では用いられないような表現も多く見受けられる。

たとえば、その一つに「迴」字を助数詞として扱う用法を挙げることができる。『日本書紀』巻十四（雄略紀）元年春三月条には「大連曰、然則一宵喚㆓幾迴㆒乎。天皇曰、七迴喚之。」（大連《おほむらじ》の曰さく、「然《しか》らば、一宵《ひとよ》に幾迴《いくたび》か喚《め》したまへる」とまを《まを》す。天皇の曰《のたま》はく、「七迴喚《ななたびめ》しき」とのたまふ。）と見えるなど、『日本書紀』全体では全九例を数える。

通例では、字書類に示される通り「転也。」や「還也。」などの意に用いられることが多い。これを助数詞として用いる例は、漢籍のなかでも経典や史書には稀である一方、仏典に散見するほか、俗語が多く用いられているとされる唐代の伝奇小説『遊仙窟《ゆうせんくつ》』にも見出すことができる。これら字書や漢籍・仏典の用例を勘案すれば、「迴」字の助数詞用法が文言文とは異なる性質を持つものであることを指摘することができる。上代文献では『日本書紀』の九例と『萬葉集』の一例を除いた場合、『古事記』と『風土記』には見えない。このように限定的な用例分布を示していることもまた、「迴」字の助数詞用法が広く用いられるものではないことを示唆するものと捉えることができるだろう。

このような表現は、漢語漢文に習熟していない人物による和習や誤用とは考えられず、むしろ漢語に通暁《つうぎょう》した人物でない限り成し得ないものと言える。とりわけ、雄略紀のような漢籍による潤色が多く行われている巻に「迴」字の助数詞用法が現れる点には留意しなければならない。すなわち、文筆能力に秀でた人物の成した漢語漢文のなかにも、文言文とそうでないものとが混在する場合があるということである。

規範の所在

いずれの場合も、漢語漢文ないしは文言文としての規範に沿うかどうかを問うものだが、一方では、何を規範的な表現とするのか明確に示すことはできない。ただし、「風土記」を読み解くことにより、同時代の人物が『日本書紀』の表現をどのように捉えていたかを窺い知ることは可能である。

たとえば、『日本書紀』巻七（景行紀）十二年九月〜冬十月条と『豊後国風土記』との間には類似した内容を持つ記事が共通して見え、そのために両者を比較することにより永らく成立の先後関係が論じられてきた。ここでは景行紀と速見郡の一節を例として取り上げ、その違いを確認する。

景行天皇が九州の土蜘蛛を討伐する際に、速津媛《はやつひめ》から土蜘蛛の様子を知らされる。景行紀では「是五人、並其為レ人強力、亦衆類多之。」（是《こ》の五人は、並《ならび》に其の為人《ひととなり》強力《ちからこは》く、亦《また》衆類《しゆうるい》多《おほ》し。）とあり、一方の速見郡では「是五人、並為レ人強暴、衆類亦多在。」（是《こ》の五人《いつたり》、並《ならび》に為人《ひととなり》強暴《ちはや》び、衆類《ともがら》も亦《また》多《さは》に在り。）と見える。特に「強力—強暴」と「亦衆類多之—衆類亦多在」の違いに目を向けたい。

まず、景行紀「強力」は勇猛さを褒め称える場合と外敵の脅威を指して言う場合に両用されるため、ここで用いるにはその意味に曖昧さを残す。これに対し、速見郡「強暴」は後者の意味に限定して用いられるため、外敵である土蜘蛛の性質を明確に示すうえではより適切な表現だと言える。

次に、景行紀「亦衆類多之」は主語に先立てて「亦」字を置き、自動詞「多」に「之」字を伴わせる。必ずしも誤用とは言い切れないが、標準的な漢語漢文からすれば違和感を覚えるものと言える。これを速見郡では「衆類亦多在」として、「亦」字を主語の後に置き、「之」字を「在」字に置き換えて目的語を削ることにより、景行紀の抱える語順・語法の違和感を解消している。

このように、ほぼ同時代の人物が成した同じ内容の文章を比較することにより、『日本書紀』の表現には漢語漢文として未熟な点があると指摘することができる。両者の先後論は措《お》くとしても、当時から『日本書紀』の表現に対して違和感を覚える人物がいたことは間違いない。

今後に向けて

上述の通り、『日本書紀』は一律に漢文体が貫かれているわけではなく、様々な位相の漢語表現が複雑多様に混在し、なおかつ和習や誤用をも含みつつ記述されている。それが史書を記述する文体・表現として適切であるかといえば、「風土記」が『日本書紀』の表現に修正を加えているように、中には、穏当とは言い難い表現が含まれる場合もある。

撰録一三〇〇年を目前に控えるも、なお『日本書紀』の文献批判は途上にある。その読解にあたっては、まず『日本書紀』の表現が漢文体として素直に読めるものであるのかどうかを検証し、どのような漢語表現の方法や位相が混在しているのか見極めながら目の前の表現に向き合う必要がある。これを措いて、前後の文脈とつじつまの合う解釈を導くために『日本書紀』の古訓《こくん》・古注釈や『古事記』を援用《えんよう》することもあるだろう。しかし、そうして導かれてきた従来の解釈通りに『日本書紀』の表現が成されているわけではない点にこそ、研究の課題があるものと考える。

木簡がことばと文字の研究にもたらした新知見

方　国花

日本における木簡研究のはじまり

日本において木簡が脚光を浴びるようになったのは一九六一年、平城宮跡において第一号木簡が出土してからである。実はその前にも木簡の出土例は報告されていたが、数が少なく、特殊な事例と見なされ、注目されなかった。その後、全国各地からも木簡の出土例が相次ぎ、現在は四〇万点を超えている。その中でも、三万五千点に及ぶ長屋王家木簡（長屋王邸跡とされる平城京跡左京三条二坊八坪から出土した木簡群）、七万四千点に及ぶ二条大路木簡（左京二坊域の二条大路上に掘られた濠状遺構から出土した聖武天皇の皇后光明子の皇后宮の活動に関連する木簡群）は、その膨大な出土点数もさることながら、使用年代が前者は七一〇～七一七年頃、後者は七三五、七三六年頃に集中するということで、大きく注目されている。

特に、これまで資料が乏しかった七世紀代の木簡が出土したことは、特記すべきである。七世紀の木簡は飛鳥・藤原地域をはじめとする都城の遺跡だけでなく、静岡県の伊場《いば》遺跡、滋賀県の西河原遺跡、長野県の屋代遺跡、徳島県の観音寺遺跡、福岡県の大宰府跡など地方の遺跡からも出土し、これまでに知られなかった新しい歴史的事実が明らかにされつつある。

一般的に木簡といえば、発掘調査により出土した墨書のある木片を指すが、一部正倉院に伝来した木札《きふだ》のような伝世品も含まれる。近年、中・近世の木簡も数が増え、注目されつつあるが、やはり七、八世紀の古代木簡が大多数で、種類も多様である。ここでは、主に日本の古代木簡を対象とする。

日本の古代木簡は、記載されている内容、或いは用途により文書《もんじょ》木簡、付札《つけふだ》木簡、その他に大別される。文書木簡は書状木簡と呼ばれる手紙の木簡以外に、帳簿、伝票機能を持つものも含まれる。付札木簡には貢進物などに付けられる荷札《にふだ》木簡と物品整理・保存用に付けられた狭義の付札木簡がある。その他には文書、付札木簡に分類できない、習書《しゅうしょ》・落書《らくしょ》木簡、封緘《ふうかん》木簡、呪符《じゅふ》木簡などが含まれる。習書木簡には中国の典籍類や漢詩の一部を書いたものもあれば、和歌を書いたものもある。封緘木簡とは、間に文書を挟めるように、一枚の木の板を横から割って使用する、現在の封筒と同じ役割をするものである。

木簡は、記紀万葉のような編纂物と異なり、一次資料である。また、特殊な位相に属する記紀万葉と違い、日々の文書行政の中で作成・使用され、ゴミとして廃棄されたものが大多数であり、当時の一般人レベルの日常における文字使用の状況が知り得る。木簡はもはや考古学や歴史学だけでなく、言語学、文学などいろいろな分野においても大きく注目される存在となっている。

木簡研究がもたらした新知見

日本語を書き表すために、言語構造の異なる中国語を書き表すための漢字を駆使して、様々な工夫がされていたことは周知の通りである。木簡が発見されるまでは、主に記紀万葉のような文字資料を用いての研究が行われていたが、近年、木簡の出土事例の増加により、新知見がもたらされ、従来の認識が改められることも屢々《しばしば》ある。

①木簡に見られる文章表記

漢字による日本語の表記といえば、万葉仮名による一字一音式の万葉仮名表記（＝仮名文）、漢字を日本語の語順に並べて表記した和風漢文・和化漢文（いわゆる変体漢文）、助詞、助動詞の一部分を万葉仮名で表す宣命体などがある。これらの表記は七世紀から八世紀初頭の木簡に既にその用例が確認され、従来の漢字→和風漢文→宣命体→仮名文という図式が見直されている。これらの表記手段は継起的に行われたのではなく、和風漢文を基軸に、宣命体や仮名文がそれを補完する形で併存していたとみるのが正しいとされる（東野治之《とうのはるゆき》『長屋王家木簡の研究』塙書房、一九九六年）。実際の表記例を具体例で確認するとともに、木簡により得られる新知見には他にどのようなものがあるかみてみよう。

飛鳥池遺跡から出土した七世紀後半のものとされる通し番号七三〇号の木簡に、「止求止佐田目手和□《加カ》」（表面）、「羅久於母閉皮」（裏面）という文字列が書かれている（奈良文化財研究所『飛鳥藤原京木簡一』。以下、飛鳥池遺跡出土木簡の出典は本書による。）。「とくとさだめてわ【が】」「らくおもへば」と読まれ（犬飼隆《いぬかいたかし》『木簡による日本語書記史【増訂版】』笠間書院、二〇〇一年）、万葉仮名による一字一音式の表記であることが分かる。借音表記以外に、借訓表記「田」「手」も使用され、漢字の音と訓を組み合わせて、巧みに日本語のことばが表記されている。なお、『万葉集』において「ぐ」の万葉仮名として使われた「求」が本木簡においては、「止求（疾く）」を表すのに用いられ、清濁を書き分けていないことが指摘されている。犬飼隆氏によると、記紀万葉の類に使われる万葉仮名は濁音専用の字体が用いられているが、木簡上の万葉仮名の文字列では清濁の別は表示されないのが普通である。

　同じく飛鳥池遺跡から出土した木簡であるが、七世紀末頃のものとされる九四五号木簡には、一つの面に二行にわたり「世牟止言而□」「桔本止飛鳥寺」（□は判読できない文字）の文字列が書かれている。各行に助詞となる「止」（と）の使用が見られ、宣命体であるとされるが、右行のものは大書体で他の文字と同じ大きさで記されているのに対して、左行のものは小書体で右に寄せて小さく記されている（左図参照）。宣命大書体と小書体が併用され、宣命大書体が先行するという従来の説に再考を促すことになった（沖森卓也《おきもりたくや》『日本語の誕生』吉川弘文館、二〇〇三年）。

奈良文化財研究所提供

滋賀県の西河原《にしがわら》森ノ内遺跡から出土した七世紀後半のもの

とされる木簡は、日本語の語順通りに漢字が配列されているだけでなく（例：「舟人率」）、助詞も表記され（例：「者（は）」）、和風漢文体のものとして注目されている（釈文は『木簡研究』第三三号、二〇一一年による）。

・椋□伝之我持往稲者馬不得故我者反来之故是汝卜マ
・自舟人率而可行也　其稲在処者衣知評平留五十戸旦波博士家

②木簡に見られる語彙表記

木簡に見られる表記からは、文レベルにとどまらず、語彙レベルにおいても、新しい知見が得られている。

　木簡に記載される用語には漢語本来の意味とは異なる例が少なくない。例えば、長屋王家木簡には「長屋親王」と記している例があるが、この「親王」は律令の制度で決められた本来の意味では理解できず、和語の「ミコ」と解釈すべきという建設的意見が出されている（東野治之、前掲書）。

　貢進物付札木簡とされる荷札木簡には、全国各地から都に運ばれた貢進物の名前が記載されることが多いが、その多くは米、塩、海産物などである。特に、海産物はその表記が多様で、「鯛」のような訓字表記もあれば、「多比」のような万葉仮名表記も見られる。前者は八世紀の平城宮・京跡出土木簡によく見られるのに対し、後者は七世紀後半から八世紀初頭の飛鳥地域、藤原宮・京木簡によく見られる。飛鳥、藤原、奈良時代へと時代が移るに従い、訓字へと表記が変わって行く傾向が見られる（小谷博泰《こたにひろやす》『木簡と宣命の国語学的研究』和泉書院、一九八六年）。

③木簡に見られる文字表記

上記語彙表記の場合と同じく、日本の古代木簡には中国の漢字本来の意味では解釈できない例がある。また、時代の変遷に従い、使われる字体・字形が異なるなどして、時代性を示す重要な指標になり得る例もある。

中国にはない漢字、或は中国とは異なる意味で使われる字のことを広く国字、或は和製漢字と呼ぶが、木簡の出現により、従来国字とされていた字が再検討を余儀なくされる例も出てきている。例えば、一般的に国字と認識される「畠」は、百済《くだら》の木簡にも確認され、日本の国字だという説が見直されている。

異体字研究においても木簡は欠かせない資料である。「部」字を例にすると、木簡上には「ア」、「マ」のように略して書く例が多く確認されるが（前頁の西河原森ノ内遺跡の木簡は、釈文では「マ」となっているが、字形を確認すると「ア」の方が近い）、前者は七世紀後半から八世紀初頭のものとなる飛鳥藤原京木簡、後者は八世紀のものとなる平城宮・京木簡に多く見られる。正字「部」の使用も、基本八世紀以降となる。即ち、八世紀以降は正字の使用率も高くなるのである。「部」例以外にも「牟」を「ム」、「川」を「ツ」、「開」を「」、「閇」（「閉」の異体字）を「」のように略して書く例は多くが七世紀から八世紀初頭の木簡に見え、七世紀木簡の特徴の一つと捉えられる。

木簡関連データベースの紹介

これまで見てきた木簡の例は、奈良文化財研究所で開発・公開されたデータベースにより、確認することができる。何種類かあるため、目的により使い分けることもできる。

日本の木簡をほぼ網羅し、木簡一点毎の画像を公開しているのが「**木簡データベース**」である。これに対して、木簡の一文字毎の画像を検索したい時は、「**木簡画像データベース・木簡字典**」が便利である（この二つのデータベースを統合して検索窓を一つにした「木簡庫」が二〇一八年三月に公開され、この二つのデータベースは同年六月に閉鎖されている）。また、東京大学史料編纂所との連携により、木簡だけでなく古文書・古記録などの文字画像も検索できるシステムがある。テキスト検索による「**『木簡画像データベース・木簡字典』『電子くずし字字典データベース』連携検索**」に加えて、画像から検索する「**木簡・くずし字解読システム——MOJIZO——**」も公開されているが、後者は文字が読めなくても検索できるメリットがある。

これらのデータベースは文字画像が表示され、字体・字形研究に有益であるが、ことばの研究に有益となるものもある。「木簡人名データベース」、「古代地名検索システム」のような固有名詞に特化したシステムがある一方で、上記「木簡画像データベース・木簡字典」には「意味検索」機能が搭載され、意味分類されたリストから希望する内容・ことばを選択して検索できる(「木簡庫」においてもこの機能が踏襲されているが、「カテゴリー(意味検索)」に名称が変更になっている)。例えば、先述の「鯛」の表記も「水産物」を指定すると木簡上の様々な表記が表示される。

以上のように、木簡に記載されている文字、文字列を読み解くことで、当時の人々の漢字使用の実態、ひいては当時の日本語の様相までも窺《うかが》い知ることができる。ここで紹介できたのは氷山の一角に過ぎないが、これからも増え続けていく木簡は、ますます重要視されるべきである。

東アジア的視点での木簡研究

近年、木簡は日本だけでなく、中国や韓国においても出土例が増えている。最近は、中国、韓国においても、木簡をはじめとする出土文字資料に関連するデータベースの開発・公開が進んでおり、比較研究がしやすい環境となった。生の資料である出土文字資料を扱うことで、東アジアレベルでの漢字使用の実態に迫ることができるのである。先述の如く、国字とされる字も韓国の出土文字資料の増加により再検討を迫られているわけで、「日本の独自的用法」も東アジア諸国との比較研究により導かれるということは言わずもがなである。木簡をはじめとする出土文字資料を用いての、東アジア的視点での文字、ことばの研究は、一層明るい未来を迎えることができるだろうと、私は信じてやまない。

Ⅲ　知っておくべき基本研究文献

編纂過程が「解剖」された現存最古の漢和辞書

新撰字鏡《しんせんじきょう》

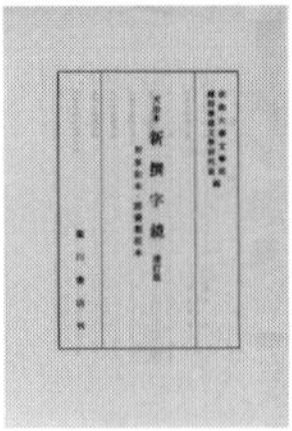

昌住《しょうじゅう》
昌泰《しょうたい》（八九八～九〇一）年間

『新撰字鏡』は、昌泰（八九八－九〇一）年間、僧昌住に編纂されたもので、漢語に対する万葉仮名による和訓を含むことから、現存最古の漢和辞書と言える。先に三巻本として成立し、それを再編する形で成立したものが十二巻本である。平安末期に筆写された天治《てんじ》本と江戸後半に刊行された享和《きょうわ》本の二種が現存するが、これらは十二巻本の系統に属する。

本書は部首分類で、一六〇の部首で構成される。部首内での排列は不規則であり、注文《ちゅうぶん》に表れる要素についても偏りが見られることから、全体として不統一な印象を与えるものである。しかし、このことは編纂の手法に由来するものであるとされる。その序文から、本書の編纂は、玄応《げんのう》『一切経音義《いっさいきょうおんぎ》』の抄録を中心とした三巻本が先に成立し、それに『玉《ぎょく》篇《へん》』・『切韻《せついん》』・漢語抄類などの記述を採り入れたものが十二巻本になったことが窺える。

本書は見出し字に対する出典を標示しないが、貞苅伊徳《さだかりいとく》「新撰字鏡の解剖」などにより、部首ごとにそれぞれの出典からまとまった形で引用し、その引用はそれぞれの文献における出現字順に従い、注文の形式もそのままに継承したものであることが指摘されている。例えば、天治本の同一部首内においても、「鎚〔双行〕持追反、平、鍛具、加奈豆知」のように、見出し字「鎚」に対する音注「持追反、平」、義注《ぎちゅう》（言葉の意味）「鍛具」、和訓「加奈豆知」を備えるものがある一方、「鉾〔双行〕保己」のように、見出し字「鉾」に対する和訓「保己」のみを持つものも存在しており、見出し字の排列箇所によって、その情報量に大きな差異が存している。部首によって各出典からの引用頻度は異なるが、不詳の部分を除くと、その形式から、玄応『一切経音義』・『切韻』・『玉篇』の順で採録が行われる傾向が窺える。また、巻一二「臨時雑要字《りんじざつようじ》」のように漢語抄類によって補足している部分も見られる。この引用の傾向は享和本の方が一層顕著であり、天治本よりも整理が進んでいると考えられる。「解剖」によって編纂の過程の大部分が明らかにされている点で、非常に興味深い資料であると言える。

また、和訓に用いられる万葉仮名に上代特殊仮名遣における〝コ〟の甲乙の区別が残存していることが明らかにされており、当時の言語を伝える点で、辞書史以外の分野においても重要な資料である。

【引き方】 完本と考えられる天治本に対し、享和本は抄録本であり、更に年代も大きく隔たるため、主として天治本を用いることが望ましい。しかし、両者の内容は同系統とは認め難く、天治本に誤写が見られることから、『新撰字鏡』について考察を行う際、享和本にも目を向ける必要性がある。例を挙げれば、天治本『新撰字鏡』には次のような項目が確認される。「傷蚫〔双行〕阿波比」とあるが、享和本においては「傷〔双行〕加比留　蚫〔双行〕阿波比」となっており、天治本が「傷」に対する和訓を落としてしまったものと考えられる。

天治本と享和本の影印は、群書類従本《ぐんしょるいじゅうぼん》と共に、一九七五年に刊行された京都大学文学部国語学国文学研究室編『新撰字鏡』（臨川書店・冒頭書影）に収録されている。これには和訓索引と篇立三本対照表が付されており、諸本の校合《きょうごう》という面でも簡便なものであるが、天治本の画像が見にくいという大きな問題がある。また、一九五八・一九五九年に刊行された長島豊太郎《ながしまとよたろう》編『古字書索引』に、『倭名《わみょう》類聚抄《るいじゅしょう》』や『本草和名《ほんぞうわみょう》』など他の古辞書も対象とした漢字索引が存しており、合わせて利用することが可能である。（岩澤 克）

多くの和名を収録した平安期を代表する古辞書

倭《わ》名《みょう》類《るい》聚抄《じゅしょう》

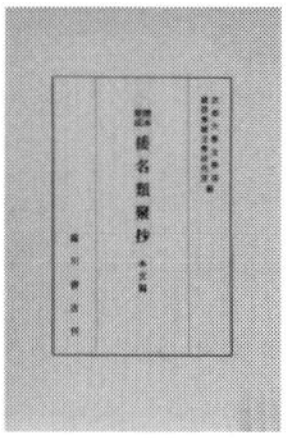

源順《したごう》
承平《じょうへい》（九三一～九三八）年間

『倭名類聚抄』は、承平（九三一―九三八）年間、醍醐天皇の皇女、勤子《きんし》内親王の命を受けた源順によって編纂された漢和対照辞書である。各項目は類書の形式に従い、意味分類で排列され、部・門の類の下に漢語、出典、音注、和語、義注《ぎちゅう》（言葉の意味）が記載される。漢籍に表れる漢語に対応する和語を万葉仮名で掲げるものであるが、その成立は、『楊氏漢語抄《ようしかんごしょう》』などの漢語抄類の記述を整理し、先に存在する漢語・和語の対応に対し、約三〇〇種に及ぶ漢籍・国書の原典（「本文《ほんもん》」）を典拠として補う形で成立したものとされる。後世の辞書に多大な影響を与え、辞書史や語彙史のみならず、表記史・音韻史などの面からも重要な資料である。

例えば、「霞」という字であれば、天地部・風雨類の下に「霞　唐韻云霞〔双行〕胡加反、和名賀須美、赤氣雲也」とある。この場合、見出し字「霞」の用例は『唐韻』に見られ、音注として「胡加反」、義注として「赤氣雲也」という注記がなされていたことが窺える。それに対する和訓として「賀須美」があり、実際にこのように訓まれたものと考えられる。

本書は、その構成から十巻本と二十巻本に大別される。十巻本は二十四部一百二十八門、二十巻本は三十二部二百四十九門で構成され、二十巻本には職官・国郡などの項目を列挙する部門が見られる。先後関係については、双方の立場が存在し、どちらが原撰であるかについては未だ明確な結論を得ていない。十巻本では、尾張《おわり》本・京《きょう》本・松井《まつい》本・高松宮《たかまつのみや》本など、二十巻本では、高山寺《こうざんじ》本・伊勢広《いせこう》本・大東急《だいとうきゅう》本などが現存する。高山寺本が現存最古の写本であり、尾張本（真福寺《しんぷくじ》本）がそれに次ぎ、それぞれが各系統の祖形に最も近いと考えられている。しかし、高山寺本が巻六から巻十、尾張本が巻一と巻二のみを残す零本であるため、両者の比較のみならず、原型の遡源《そげん》自体が困難である。また、松井本や高松宮本などは完本であるが、諸本間の差異が見られ、伝写の段階で多く手が加わっていることを窺わせる。十巻本では、狩谷棭斎《かりやえきさい》が校注した『箋注《せんちゅう》倭名類聚抄』、二十巻本では、那波道円《なわどうえん》が編纂した古活字本が流布した。これらも古形を直接継承したものではないことが明らかになっており、利用の際には資料の選択が重要となる。

【引き方】『倭名類聚抄』諸本の系統や先後関係、残存状況については、二〇一〇年刊行の宮澤俊雅《みやざわとしまさ》『倭名類聚抄諸本の研究』（勉誠出版）に詳しい。各諸本の影印が刊行されているが、カラーの影印で最も鮮明なものとしては、二〇一六年刊行の『新天理図書館善本叢書　和名類聚抄高山寺本』（八木書店）がある。

　各系統ごとの対照としては二〇〇八年刊行の馬渕和夫編『古写本和名類聚抄集成』（勉誠出版）が存在する。各本の対応箇所が上下に配される形であるため、比較しやすいものであるが、これらの対照においては、諸本の残存状況を把握した上で用いる必要性がある。また、『倭名類聚抄』の諸本間において、同一の和訓に付される仮名などに多くの違いが見られるが、『古写本和名類聚抄集成』に付される和語の索引も影印と同様に諸本を対象としたものであるため、同一語の比較に役立つ。

　両系統の諸本を同時に掲載する影印としては、一九六八年刊行の京都大学文学部国語国文学研究室編『諸本集成倭名類聚抄』（臨川書店・冒頭書影）がある。これには索引も付されているため、全体を把握する上でも利用しやすいものであるが、『箋注《せんちゅう》倭名類聚抄』や元和《げんな》本といった近世期の刊本が中心となっており、主要な古写本を網羅するものではないため、他の諸本との比較も必要となる。

（岩澤克）

古典語研究の基礎を為す漢字字書

類聚名義抄《るいじゅみょうぎしょう》

法相宗《ほっそうしゅう》系の学僧によるか
院政期

『類聚名義抄』は、院政期に成立したとされる部首分類の漢字字書で、法相宗系の学僧によって編纂されたものとされる。現存する諸本としては図書寮《ずしょりょう》本の系統と観智院《かんちいん》本・高《こう》山寺《ざんじ》本・蓮成院《れんじょういん》本・西念寺《さいねんじ》本の系統の二種に分別され、前者が原撰本の形式を色濃く残すのに対し、後者は見出し字の単字化や注文《ちゅうぶん》・出典標示の削除などの改編が為されており、字釈の面で異なる性質を持つ。完本として現存するものは観智院本のみであり、その構成から、全体は仏・法・僧の三部を上中下に分ける形を採り、各部が四〇種の部首で構成されていたことが窺える。

図書寮本の系統では、音注・義注《ぎちゅう》（言葉の意味）・和訓の順で字釈が為され、項目によっては字体注や呉音《ごおん》（中国南方系の字音に基づく）、和音を付す。見出し字が仏典中に現れる熟語として掲出されることが多いが、注は単字単位が原則である。注文には出典が標示され、引用は忠実に為されていることが窺える。また、注文は出典の優先順に掲載されることが指摘されている。ほぼ全ての字に和訓を与えており、そこに付された声点《しょうてん》（漢字の四隅付近に打って声調を示す点）を含め、平安末期の日本語を示す最重要の資料の一つと言える。ただし、図書寮本は同一字の重出や項目の補入が確認されることから、未精撰本であったとされる。また、既に佚書《いつしょ》となっている文献の記述も採録しており、そのような逸文に関する研究を支える重要な基盤の一つでもある。

一方、観智院本を始めとする系統では、図書寮本の系統の記述から出典注記が完全に削除され、図書寮本の中核を為していた義注の大部分が削除されている。その一方で、和訓が大幅に増補されており、見出し字の単字化と合わせ、より実用的な字書として改編が為されたと考えられている。

本書に関する先行研究の蓄積は膨大であり、辞書史、アクセント史、語彙史など多岐に渡る分野で古典語研究の基礎を為す資料である。

【引き方】原撰本系に属する図書寮本『類聚名義抄』の影印としては、勉誠社のものが手に取りやすいが、一九六九・一九七六・二〇〇五年に刊行された三種が存在する。一九六九年のものはコロタイプ印刷で画像が鮮明である。一九七六年のものは新たに索引が付されるが、コロタイプではないため、画像が不鮮明という問題がある。二〇〇五年のものはその問題が改善されており、付された索引と共に見やすいものとなっている。二〇〇五年の影印に付される索引は、出典索引・仮名索引・漢字索引であり、それぞれの索引内において、和訓も示される。ただし、これらの影印は全てモノクロ印刷であるため、朱点と虫損の区別が困難な箇所が少なからず存在している。

改編本系には観智院本・高山寺本・蓮成院本などが見られる。観智院本は現存唯一の『類聚名義抄』完本であり、改編本系の中でも重要な位置を占めるが、その影印は二〇一六年に刊行された『新天理図書館善本叢書　観智院本類聚名義抄』（八木書店）のものが最も鮮明であり、カラーであるため、朱点の判別も容易である。観智院本の漢字索引・仮名索引としては、正宗敦夫《まさむねあつお》編『類聚名義抄　仮名索引・漢字索引』（風間書房）が存在する。高山寺本は一九五一年に京都大学『国語国文』の別巻として観智院本と対照する形の和訓索引と共に影印が、二〇一六年に『新天理図書館善本叢書　三宝類字集』（八木書店）として新たにカラーの影印が刊行された。蓮成院本は一九六五年に『未刊国文資料　鎮国守国神社蔵本　三寶類聚名義抄』として、一九八六年に『鎮国守国神社蔵本　三寶類聚名義抄』として影印が刊行されている（ともに未刊国文資料刊行会）。

図書寮本の系統では、原則として、「懼（双行）音具、〇弘云、恐也、悲也、驚也、病也、〇中云、怖也、〇東云、迫也、懎也、畏也、憂也、オチテ詩」のように、音注・義注・和訓の順で字釈が為される。この場合の音注としては、見出し字「懼」の音が「具」と同音であることを示す同音注が用いられているが、反切《はんせつ》（漢字の字音を他の漢字二字の音の組み合わせによって表す）を用いた反切注も多く見られる。義注としては、弘（空海『篆隷万《てんれいばん》象名義《しょうめいぎ》』）に「恐也、悲也、驚也、病也」、中（中算《ちゅうざん》『妙法蓮華経釈文《みょうほうれんげきょうしゃくもん》』）に「怖也」、東（『東宮《とうぐう》切韻』）に「迫也、慴也、畏也、憂也」という記述が存在することを示す。そして、和訓としては、「オチテ」という訓が『毛詩《もうし》（毛詩鄭箋《じょうせん》）』の中に見られるとする。項目によっては正字・俗字や異体字などの字体注や、呉音・和音といった漢字音に対する注を別に付すものも見られる。図書寮本は引用の際に出典を明示するため、注文の判別が困難な場合などは、その出典に立ち返り、理解する手法が有効である。それに対し、観智院本を始めとする系統では、「懼〔双行〕呉音、オソル、ヲノ、ク、ヤム、オツ、悲也、驚也、憂也、和ク」となり、音注・和訓・義注・和音が示され、各項目の記述は少なくなっている。

『類聚名義抄』を見る上で、特に注目すべき点として、音注や和訓に朱で付された声点がある。改編本系の諸本は平・上・去・入の四声体系であるが、原撰本系の図書寮本は平・平軽・上・去・入軽・入の六声体系であり、特に左下に差される平声点と左下の少し上に差される平声軽点《ひょうしょうかるてん》の区別に注意しなければならない。『類聚名義抄』の和訓に付される声点の中には二つを重ねることで濁音を示すものも見られる。また、義注の中には朱でヲコト点を示すものもあり、それと声点とを混同することも避けなければならない。

（岩澤 克）

「訓読み」の歴史を見通す一級文献

『訓点語彙集成』

築島《つきしま》 裕《ひろし》
汲古書院
二〇〇七～二〇〇九

本書は訓点語学の大家である築島裕が自身の研究人生において閲覧繙読《はんどく》した数多の資料を中心に、それら訓点資料に見られる和訓加点語彙を加点元の漢字と併せて集成し歴史的仮名遣い五十音順に配列したものである。全八巻・別巻一巻。例えばイソグを引くと、「務ツトメ／イソイて　10240002-②　20オ4」という例（10240002は文献番号。第一巻所収の一覧によって東京大学国語研究室蔵大日経義《だいにちきょうぎ》釈《しゃく》を指すと判る。冒頭の四桁1024は加点年の治安二年《（一〇二四）》に基づく）を筆頭に、「務31」「忩2」「急1」「摠悴（忙）1」「争1」「颯1」への加点例があり（字下の数字は例数）、現代と違い「急」字をイソグと訓ずることが稀であったことが一目で判る。また別巻は漢字索引であり、ある漢字が如何なる和訓を有し

ていたかも一覧できるようになっている。古辞書に準《なぞら》えるならば、宛《あたか》も本編は築島によって新たに（出典を完全明記する形で）編纂された色葉字類抄《いろはじるいしょう》であり、別巻は同じく類聚名義抄《るいじゅみょうぎしょう》であるかの如き様を呈している。漢文訓読語を語彙的に鳥瞰《ちょうかん》せしむるものであると共に、訓点資料に限らず当時の文献における漢字の訓法を窺う上でも絶好の資料となっている。

【注意点】 序文にて明記されているように、年代的には平安後期以降に加点された資料を重点的に集成したものでありそれ以前については網羅性を期したものではない。また先掲例の如く用例は文脈を示さない形で掲げられており、その為もあって利用に際しては元の文献に立ち戻ることが必要または望ましいが、築島の原本調査に基づくもので影印等が未刊であったり、所在表示が築島の私的なノートの行数であり読者には事実上直接は参照できない場合があったりするため注意が必要である。

（田中 草大）

上代特殊仮名遣の再発見と普及の書

『古代国語の音韻に就いて』

橋本進吉《はしもとしんきち》
神祇院
一九四一

上代特殊仮名遣は本居宣長《もとおりのりなが》の弟子石塚龍麿《いしづかたつまろ》によって発見されその説は「仮字遣奥山路《かなづかいおくのやまじ》」として著されたが、板行されなかったこともあり流布しなかった。橋本進吉による再発見によってこそ上代特殊仮名遣は広く世に知られるようになったのである。本書は「我が国の古典を読むに就いて何か其の基礎になるやうな事に就いて話してもらひたいといふ御依頼」による講演を基とし、音韻や仮名遣いの基礎を説いた上で自身の先行論に則り龍麿の説を修正しながら上代特殊仮名遣を紹介し、この区別が動詞の活用等に規則的に現われること、当時の音韻の区別に基づくものであること等を述べる。またこれに留意することは古典研究において以下の点で有益であると述べる。（一）本文校訂、（二）語義の解釈、（三）万葉歌の訓の推定、（四）語源の解釈、（五）書物の成立年代の判定。

ところで仮名遣いとは同音の仮名の使い分けのことであるとすると、音韻の区別に基づく上代特殊仮名遣は仮名遣いではないということになりそうであるが、後世から見るとこれも同音になった仮名（万葉仮名）の使い分けの問題となるのであり、「龍麿がその書に「仮名遣奥山路」と名を附けたのは、之を仮名遣の問題として考へたものと思はれますが、是は正しいと言つてよいと思ひます」としている。なお橋本自身は「上代特殊仮名遣」という語は用いず（「上代の特殊の仮名遣」は見られる）、これは橋本の論考により当該現象の研究が活発化する中で発生・定着した術語である（安田尚道《やすだなおみち》「橋本進吉は何を発見しどう呼んだのか」『国語と国文学』八一巻三号（二〇〇四）参照）。

本書は何度か再刊されているがその中では岩波文庫所収のものが現在も手に入れ易い（冒頭書影）。また著者の没後五十年を経ているためインターネット上の「青空文庫」でも本文が公開されている。

（田中 草大）

韓国語史を概観、古代日本語との繋がりをも示唆

『国語史概説』

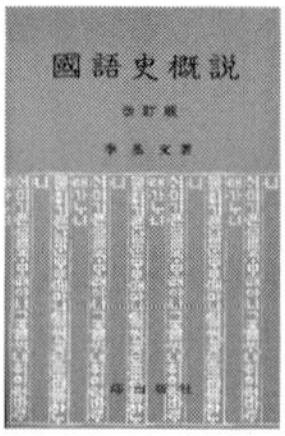

李《イ》　基文《ギムン》
民衆書館
一九六一

李基文は、韓国語研究の国際的な権威で、韓国語アルタイ起源説を展開し、精密な研究方法はその後の研究に確かな拠りどころをもたらした。

本書は現有の言語財産を整理し、体系的な韓国語史の大筋を編むという立場から、その歴史を古代・中世（前期・後期）・近代・現代に分けて論じた。この分類法は今日の韓国語史研究の定石となっている。

第二章では、韓国語がアルタイ語に属する特徴を纏《まと》め、日本語との構造上の顕著な一致にも言及し、韓国語と日本語がアルタイ語族に属し、親縁関係にあった可能性を提起した。第三章においては、高句麗《こうくり》語・百済《くだら》語・新羅《しらぎ》語などの古代諸言語を巨視的に眺めることによって、新羅の三国統一が現代語の形成に与えた影響を解明した。第四章では、漢字借用表記のタ（多）・ヤ（也）などと、日本の片仮名との類似に触れている。第五章では、『三国史記』・『三国遺事』や郷歌《ヒャンガ》（新羅時代の歌謡）などについての細密な検討を通じて、新羅語の表記に使用された音読字が古代日本語の万葉仮名とも広範囲な一致を見せる点にも、論及するほか、古代日本語との共通語彙についても随所で挙げている。

本書は、初版が出版されてから、韓国の国語学界で独歩的な存在感を発揮し、大学テキストの定番となり、韓国語と関わろうとする人々に様々なきっかけを提供する内容を備えている。一九七二年にはその改訂版が、一九九八年には新訂版が出ている。韓国語史の周到で具体的な記述として国際的にきわめて評価が高く、日本では藤本幸夫《ふじもとゆきお》により『韓国語の歴史』（大修館書店　一九七五年）として翻訳・刊行された。

（黄　明月）

上代仮名遣の研究を理論・資料の両面から拡張

『上代仮名遣の研究
日本書紀の仮名を中心として』

大野《おおの》　晋《すすむ》
岩波書店
一九五三

著者は古代語に関わる多くの論説・著書を遺したが、本書はその中でも今なお高く評価されているものの一つである。前後篇から成る。題名に「上代仮名遣」とあり「上代特殊仮名遣」でないのは、万葉仮名の清濁の問題についても扱っているためであろう。副題の如く日本書紀を主たる対象とするが、これは池上禎造《いけがみていぞう》（後述）によって「日本書紀の仮名は複雑でありながら、細かに分けて考へることは遅れてゐた。著者は最も手がけられてゐない、さうして或は故《ことさ》らに、最も複雑なものを処理することによつて、上代の用字の蔭にある音韻の真相を見ようとされたものといへよう」と評される。前篇では近代の上代特殊仮名遣研究に先鞭を付けた橋本進吉《はしもとしんきち》が明言を避けた音価の問題について、カールグレンに

代表される中国音韻学の推定を時に批判的に参照しながらオの音価を導き出している（甲類[o]、乙類[ɵ]）。

他方、後篇は「日本書紀歌謡及び訓注語彙総索引」と題される。「上代特殊仮名遣については、従来その仮名類別表のみが与へられ、如何なる語が如何なる仮名で書かれたか、如何なる語彙が存したかは示されなかつた」（はしがき）という問題意識に基づき、索引は語彙篇と文字篇とが用意され上代特殊仮名遣を語頭に含む語は勿論のこと語中語尾に含む語についても参照できるようになっており、正に右の目的に適ったものとなっている。

本書は学術誌における書評などで幾度か取り上げられ、例えば本書刊行と年を同じくして発表された池上禎造による評とそれに対する著者自身の応答（それぞれ『国語学』一五・一六号）等がある。また上代特殊仮名遣に関する著者の研究としては「日本語の動詞の活用形の起源について」（『国語と国文学』三〇巻六号）も高く評価されているが本書には収録されていない。仮名遣いを主題とする著者の単著には他に『仮名遣と上代語』（岩波書店、一九八二）がある。

（田中 草大）

理論・実践の両面で語構成研究の礎となった書

『語構成の研究』

阪倉《さかくら》 篤義《あつよし》
角川書店
一九六六

文法史・語彙史等に関わる業績を遺し語構成論の立役者としても知られる著者の主著の一つである。「語構成論の方法」と「固有日本語の語構成」の二篇から成る。第一篇は理論篇の性格を持ち、語構成研究を語形成論と語構造論とに峻別して研究態度の明確化を促した上で、多くの先行論を引きながら助動詞・助詞・接辞等々、単語認定に関わる種々の概念の再規定を行う（時枝誠記《ときえだもとき》の詞辞論を発展的に採り入れたことで知られる）。

第二篇は実践篇の性格を持ち、種々の形態について論じる。資料として日本書紀の訓点（寛文板本《かんぶんはんぽん》）を利用している。上代の言語を強く反映した資料であるとするが、確かにそうした面もある一方で、（著者自身が指摘する如く）平安時代以降の要素の混入も確実であり上代語の資料として問題なしとしない。また他の訓点資料と比べて書紀の点本が独自の性格（例えばなるべく字音を用いず和語で訓み下そうとする態度）を有することもよく知られているが、しかしそれにより却って和語の造語力を測るのに好資料ともなっており、著者の言葉を借りれば「固有日本語（和語）による語構成様式の可能性を、やや極端なまでに発揮したものとみとめられる」（あとがき、傍点引用者）。使用資料への評価も含め築島裕《つきしまひろし》が詳密な解説を発表しており参考になる（『国語学』七一号）。

なお語構成論は語源の問題と密接に関わるが、これについて著者が一般向けに著したものとして『日本語の語源』（講談社、一九七八。増補版は平凡社、二〇一一）がある。また古代語の語構成を正面から捉えた後続の研究で単著の形で刊行されたものとして、著者を師とする蜂矢真郷《はちやまさと》『国語重複語の語構成論的研究』（塙書房、一九九八）・『国語派生語の語構成論的研究』（同、二〇一〇）がある。

（田中 草大）

古代語の各種文法形式の成立を追及

『古代日本語文法の成立の研究』

山口《やまぐち》 佳紀《よしのり》
有精堂出版
一九八五

古代語、殊に上代語の研究で知られる著者の最初の単著である。まず序章において本書が「古代日本語における各種の文法形式について成立論的な考察を施したものである」ことが宣言され、次いで上代語と平安時代語とを「古代語」として一括することの妥当性をはじめとする著者の言語史観が示される。本篇は「形態音韻篇」「用言篇」「表現形式篇」の三章から成り、この三章が段階的に展開するよう意図されている（よって表現形式は用言に関わるものから選ばれている）。各篇の冒頭に「～篇の初めに」が置かれ、著者の問題意識が窺い易くなっている。

【形態音韻篇】語構成や文法の解明を進めるに際して音韻現象の規則性を活用することの重要性と、それ故にその規則性に関しては「さらに精確な知識の獲得が要請される」ことを説き、母音脱落・母音同化・子音交替・音節の脱落等について論ずる。

【用言篇】「形態と機能との関わりをどこまで厳密に追究できるか」という問題意識の下、各種用言の語幹及び活用等の成立を論ずる。

【表現形式篇】「用言とそれに接する助詞・助動詞とは、相関的に捉えられなければならない」という立場から、種々の表現形式の内、条件表現形式・ミ語法・時制表現形式・禁止表現形式・希望表現形式等の成立について論ずる。

【参考書】本書の論点は著者の後続の単著である『古代日本文体史論考』（有精堂出版、一九九三）、『古事記の表記と訓読』（同、一九九五）、『古事記の表現と解釈』（風間書房、二〇〇五）、『万葉集字余りの研究』（塙書房、二〇〇八）、『古代日本語史論究』（風間書房、二〇一一）にも引き継がれており、併せて参照すべきである（『古代日本文体史論考』は今昔物語集や平安時代語についての論を含むが、これは上代語以前に著者が取り組み論文化したものである）。

（田中　草大）

古代日本語の全体像を木簡から読み解く

『木簡による日本語書記史』

犬飼《いぬかい》 隆《たかし》
笠間書院
二〇〇五初版
二〇一一増訂版

本書は、木簡を主な資料として、八世紀以前の日本語書記史の諸問題を考察したもので、七、八世紀の日本語の全体像を塗りかえることを目標とする。言語学と歴史学の学際的研究が行われ、言語史の立場からの研究成果を、歴史学・考古学の研究に還元しようとする狙いもある。

日常の文書行政の場において使い捨てられた「褻《け》」の木簡は、特殊な言語位相に属する、「晴《はれ》」の文献となる記紀万葉の類と異なって、官人たちの日常ふだんの漢字使用があらわれ、従来の認識に変更をもたらすことがある。従来の、漢字の普及は限られた教養層だけだったという認識は、七世紀代の木簡が都、地方共に出土されることにより、訂正を迫られた。

ところが、現在、木簡をはじめとする出土

文字資料が相当数に達し、日本語史や日本文学の研究においても欠かせない存在となっているにもかかわらず、未だに出土資料の取り扱い方の方法が確立されているとは言えない。本書はそのための方法論と実証例を提示する。

本書においては、具体例を挙げながら七世紀中に既に漢字は使いこなされ、相当の水準に達していたことを論証している。さらに、音韻、語彙レベルにとどまらず、文法レベルにも従来の知見を変える部分があることを指摘する。犬飼氏の真の目標——「七、八世紀日本語の全体像」——は、具体的な物証をもとに塗りかえられているのである。

本書増訂版では二〇〇五年の旧版刊行から、最新の知見を取り入れて、大幅に記述を増補改訂している。出土文字資料、特に木簡はその出土数が年々増加し、他にも技術の進展、研究の蓄積などにより再検討が行われ、新知見が示される場合も少なくない。また、韓国出土木簡の研究が大きく進展していることも背景にあり、増訂版刊行となった。東アジアを視点に入れた、最新成果反映の本増訂版は、日本文学・日本語学研究の新天地を開く道標となる存在であろう。

（方 国花）

風土記における漢語受容を読み解く

『風土記の文字世界』

瀬《せ》間《ま》正之《まさゆき》
笠間書院
二〇一一

風土記は和銅《わどう》六年の詔に応じて編纂されたとされる。近世には国学者たちの関心を集め、幕末には現存する五風土記を書写した栗田《くりた》寛《ひろし》がその研究を『標註』『考証』（共に略称）に纏《まと》めた。一九三〇年代には井上通泰《いのうえみちやす》の『新考』（略称）が出て、これらは今も読み継がれている。

風土記の研究は戦後一九五八年に秋本吉郎《あきもときちろう》校注の日本古典文学大系２『風土記』が刊行されたのを契機に飛躍的に進み、一九八五年に植垣節也《うえがきせつや》を中心とした風土記研究会が発足すると加速度的に発展してきた。その流れは諸写本の検討による本文校訂および校注本の編纂、漢籍との比較による典拠確認、逸文を中心とした受容史の研究、地理学的・考古学的検証など多岐に亘《わた》り、各々が深められる一方、二〇〇〇年代に入り成果を分かち合う学際的な様相を呈してきてもいる。

本書は小島憲之《こじまのりゆき》の『上代日本文学と中国文学 上』（塙書房、一九六二年）の第四篇「風土記の述作」に端を発する、漢籍との比較を通じて上代日本人の漢語受容のあり方を解明しようとする研究分野に位置づけられる。

著者の瀬間正之は、予《かね》て文字表現に焦点を当てて記紀と漢籍との関係を研究してきたが、その方法を風土記研究に援用し、緻密に考証を重ねて多数の論文を発表してきた。本書はその結晶であり、長く専門書の刊行を見なかった同分野の待望の一冊である。

助辞や使役表現、敬語表現を中心に用字・文型を漢籍や『日本書紀』と比較し、漢文の誤用に訓読的思惟を読み取ったこと、述作者により異なる漢語受容のあり方が同じ風土記中に混在する点を指摘したこと、漢文に習熟した述作者が書いたと目される部分に文学的価値を見出したこと等、風土記の研究に新しい風を送り込んだ必読書である。

（宮川 優）

『漢字百科大事典』

佐藤喜代治《さとうきよじ》他編
明治書院
一九九六

〔収録〕漢字研究文献目録
漢字研究文献（論文）一覧
漢字研究文献漢字別目録

一覧〔一四七八頁～一五二三頁〕は明治以前から一九九三年までの主要論文を収載。漢字別目録〔一五二四頁～一六二三頁〕は一九四五年～一九九四年までのものを漢字（単漢字・熟字）ごとに五十音順に編集。

（瀬間 正之）

上代文学会研究叢書
『書くことの文学』

西條 勉《さいじょうつとむ》編
笠間書院
二〇〇一

〔収録〕文献目録（北川和秀）
上代の文字表記関係研究文献（論文篇）
上代の文字表記関係研究文献（単行書篇）
上代文字資料集成文献

論文篇〔左一頁～左六〇頁〕は一九一五年～二〇〇〇年、単行書篇〔左六〇頁～左六四頁〕は一九一一年～二〇〇〇年のものを収載。発行年次順。上代文字資料集成文献〔左六五頁～左六七頁〕では、松平定信《まつだいらさだのぶ》『集古十亂《しゅうこじっしゅ》』（一八〇〇年）、狩谷棭斎《かりやえきさい》『古京遺文《こきょういぶん》』（一八一八年）～東京国立博物館『法隆寺献納宝物銘文集成』（一九九九年）にいたる金石文・木簡・墨書土器・文書・その他の資料を集成。

（瀬間 正之）

執筆者一覧 （執筆順）━━━━━━━━━━━━

瀬間正之 （せま・まさゆき）上智大学教授

笹原宏之 （ささはら・ひろゆき）早稲田大学教授

上野美穂子 （うえの・みほこ）秀明大学教授

根来麻子 （ねごろ・あさこ）甲南女子大学専任講師

蜂矢真弓 （はちや・まゆみ）大阪大学助教

葛西太一 （かさい・たいち）日本学術振興会特別研究員 PD

方　国花 （ほう・こっか）奈良文化財研究所客員研究員

岩澤　克 （いわさわ・かつみ）上智大学キリスト教
文化研究所特別研究員

田中草大 （たなか・そうた）京都大学講師

黄　明月 （こう・めいげつ）京都大学非常勤講師

宮川　優 （みやかわ・ゆう）上智大学大学院博士後期課程

【編者紹介】
瀬間 正之（せま まさゆき）

1958年生まれ。上智大学文学部教授。博士（文学）。
著書に『記紀の表記と文字表現』（おうふう）、『風土記の文字世界』（笠間書院）、『記紀の文字表現と漢訳仏典』（おうふう）、『古事記音訓索引』（編・おうふう）、『電脳国文学』（共著：著者代表・好文出版）、『「記紀」の可能性（古代文学と隣接諸学10）』（編・竹林舎）など。

「上代のことばと文字」入門
上代文学研究法セミナー

二〇二〇年一月三十一日　初版第一刷発行

編者……瀬間正之
装幀……池田久直
発行者……橋本 孝
発行所……株式会社 花鳥社
https://kachosha.com
〒一五三-〇〇六四　東京都目黒区下目黒四-十一-十八-四一〇
電話　〇三-六三〇三-二五〇五
ファクス　〇三-三七九二-二三二三
ISBN978-4-909832-31-3
組版……ステラ
印刷・製本……モリモト印刷

上代文学研究法セミナーの刊行にあたって

今日、少子化等によって、国から大学の規模の縮小が求められていることもあり、とりわけ人文系の学会は、未曽有の危機を迎えています。上代文学会は、その危機を打開するためのさまざまな方策を打ち出しておりますが、その一環として昨夏、若手研究者育成のため、研究方法に焦点を絞ったセミナーを実施致しました。幸い、多くの参加者が集まり、たいへん有意義な催しとなりましたが、今後はその成果をより幅広い層に広めて行くことによって、学会としての公的使命を果たし、研究活動の活性化を促したいと考えています。このセミナーをもとにした本が多くの方々の手に渡り、優れた論文が次々と生み出される土壌となることを願ってやみません。

二〇一六年五月

上代文学会